제13회
세계문학상
우수상

우리 사우나는 JTBC 안 봐요

박생강 장편소설

나무옆의자

:: 차례

나리는 나를 지루하게 한다.

—옥타브 미르보, 『어느 하녀의 일기』에서

이력서

"내일도 또 지긋지긋한 일을 하겠지?"

잠들기 전 나의 연인이 졸음에 겨운 목소리로 말했다.

"일? 일이라니. 당신은 예술을 하는 거라고."

나는 뒤에서 그녀를 보듬으며 말했다.

"아니라네, 예술은 아니라네. 그냥 가난한 재롱이지."

알고 보면 30대 초반 우리 두 사람은 나름 21세기의 예술가적
인 커플이었다.

내 연인의 직업은 연극배우였다. 대학로에서 오랜 역사를 간직
한 극단에서 경력 10년을 훌쩍 넘긴 그녀는 이 신도시의 한 극단
에 취직했다. 계약 기간 2년에 꼬박꼬박 월급이 나오는 흔치 않은
극단이었다. 그건 신도시의 유명 백화점에서 지원하는 소극장이
기에 가능한 일이었다. 대신 그곳에서는 셰익스피어나 안톤 체호

프, 사무엘 베케트, 장 주네의 작품을 공연하지는 않았다. 방학 때는 아이들을 위한 아동극을 올렸다. 봄과 가을에는 연인들을 위한 로맨스 작품을 공연했다. 백화점 회원들은 그녀가 출연하는 소극장 공연을 반값에 볼 수 있었다. 공은 자신이 출연하는 연극을 '반값 연극'이라 불렀다. 반값 연극에서 내 연인의 역할은 거기서 거기였다. 작고 통통한 그녀는 엄마 아니면 파출부 혹은 그에 가까웠다. 앞치마와 식칼, 푸념과 수다는 무대에서 언제나 그녀의 몫이었다. 나의 연인은 수다스러운 분장을 한 피에로인 셈이었다.

내 직업은, 직업이라 말하긴 민망하나 한때 소설가였다. 물론 소설가라 말하기보다 대개는 논술학원 강사로 둘러대는 경우가 많았다. 그렇지만 20대 후반에 한 일간지의 신춘문예로 등단한 후에 오롯이 3년은 소설만 썼다. 학원에서 번 돈으로 당분간의 생활비는 충당할 자신이 있었다. 그사이에 나는 내가 진짜 유명해질 거라 착각했다. 키가 훤칠하게 큰 건 아니지만 콧대가 있고 눈썹이 짙고 눈이 부리부리해 나름 사진이 잘 받았으니까. 거기에 타고난 뼈대가 굵어 어깨도 다부져 보였다. 물론 그 때문에 내 직업을 모르는 사람은 소설가보다 첫인상이 유도 선수 같다고 말했다. 하지만 3년 내내 나는 두 편의 단편만 문예지에 발표했다. 고로 세상에 나온 내 소설은 책으로 묶이지 않은 단편 세 편이 전부였다. 거기에 신춘문예로 등단한 후에 딱 한 번 일간지에 칼럼을 썼다. 젊음과 열정에 대해 젊은 문학인의 시각으로 쓴 칼럼이었다.

열정, 21세기 대한민국에서 가장 시답잖고 의심스러운 단어. 젊음, 이 시대가 만든 사회적 절름발이의 오타 아닌가?

물론 나는 젊음과 열정에 대해 소신 있게 냉소적으로 쓰진 못했다. 신문사에서 청탁받을 당시 젊음과 열정의 긍정적 측면에 대해 써달라고 부탁받아서였다. 나는 신문사의 가이드라인을 당당하게 거부하지 못했다. 그래서 마지막 단락에 이리 썼다.

'나는 젊다. 그건 살면서 한 번쯤 뒤통수를 맞아도 웃어넘길 여유가 있다는 뜻이다. 그리고 그게 열정의 힘이다.'

돌이켜보니 그때의 나는 순박했다. 지금의 나라면 마지막 단락을 이렇게 바꿨을 거다.

'나는 아직 젊다. 그건 이 사회에서 누군가 나를 털어 갈 준비가 돼 있다는 뜻이다. 그리고 그게 그들이 지닌 열정의 힘이다.'

의정부 시청의 공무원인 아버지는 신문에 자그마한 사진과 함께 실린 내 칼럼을 자랑스러워했다. 실패한 외판원도, 마약중독자 재벌 2세도 등장하지 않는 건전한 칼럼이었으니까. 그 시기에 아버지는 내가 신춘문예로 등단한 건 자랑스러워했지만 전업 작가로 사는 일만은 극구 반대했다. 반면 나의 연인은 내 선택에 분노하지 않았다. 나를 뜯어말리지도 않았다. 그저 담담히 한마디만 덧붙였다.

"괜찮아, 소설가인 태권하고 결혼할 생각이 없으니까. 나란 여자, 그런 여자."

연인은 나를 태권이라 불렀다.

손태권이란 이름 때문인지 다부진 어깨 덕인지 사람들은 술에 취하면 내게 황당한 요구를 종종 해왔다. 발차기를 해보라거나 한 판 붙어보자거나. 심지어 신춘문예로 등단한 뒤 어느 술자리에서 만난 평론가는 애국 작가로 보수 정권에 어필하려는 필명이냐며 빈정거리기까지 했다. 그래서 나는 내 이름을 아주 싫어했다. 공은 손유도보다 그나마 손태권이 그럴듯한 이름이라며 위로해주었다.

사실 나의 연인 공은 첫 술자리에서 만난 날부터 격투기 여사범처럼 "태권!"이라 소리 높여 나를 불렀다. 후배 녀석이 처음 쓴 희곡으로 올린 공연 뒤풀이 자리였다. 나보다 세 살 연상의 그녀가 밤새 몇 번이나 태권이라 외쳤는지 셀 수 없을 정도였다. 나중에는 앞차기, 돌려차기 같은 발차기도 섞어가며 외쳤다. 희한하게 그녀가 외치는 그 태권이란 말이 이상하게 싫지 않았다. 술에 취해 짧은 팔다리로 태권도 시범을 보여준다며 어기적대는 서른 넘은 여배우의 자태라니. 그 후로 몇 번을 누나라고 부르다가 함께 모텔 방의 낡은 침대에서 서로 킬킬대며 뒹군 이후로 나는 그녀를 공이라 불렀다. 나의 연인은 작고 동글동글한 몸집에 성까지 공씨였다.

우리 두 사람이 함께 하루, 이틀, 일주일을 보낸 게 그리 오래는 아니었다. 사귄 지는 꽤 시간이 흘렀지만 내가 그녀의 방으로 들어온 건 한 달 전이었다. 전업 작가를 포기하고 재취업한 대학 선배의 논술학원이 쫄딱 망하는 바람에 나는 갈 곳이 없었다. 물론 지하철 7호선에서 국철을 갈아타고 의정부로 다시 돌아갈 수는 있었다. 다만 그곳에서 아버지와 마주 보며 한숨을 푹푹 쉬고 싶지 않을 뿐. 안타깝게도 아버지는 나를 베란다에서 기르는 화분보다 못한 놈으로 바라본 지 이미 오래였다.

그렇게 공과 함께 살았지만 우리는 밤낮이 달랐다. 연인은 자정만 넘어도 졸려서 눈을 못 뜨는 아침형 인간이었고(희한하게도 술에 취하면 날을 새도 끄떡없었다) 나는 야행성이었다. 이곳에서 함께 산 뒤로 나는 그녀를 먼저 재운 후에 거실로 나와 새벽까지 시간을 보내곤 했다.

"태권, 재미있는 이야기 없어? 저녁에 에스프레소를 마셨더니 잠이 안 오네."

잠든 줄 알았던 공이 다시 물었다.

"무슨 이야기?"

공이 뒤돌아서 나를 보았다. 그리고 어둠 속에서 두 눈을 깜빡대며 잠투정하는 아이처럼 속삭였다.

"그러니까 괴물이 나타났는데…… 그 괴물이 금방 주인공을 잡아먹을 줄 알았는데…… 고도비만이라…… 주인공을 쫓아오다 지쳐가지고……"

그때였다. 뜬금없이 자정 다 된 시간에 메시지 알림음이 들려왔다. 휴대폰을 확인해보니 이력서를 보낸 피트니스 남자 사우나였다.

—늦은 시간에 죄송합니다. 헬라홀 피트니스 남자 사우나입니다. 내일 만나뵐 수 있을까요?

공이 옆으로 다가와 내 문자메시지를 눈으로 읽었다.

"태권, 언제 이력서 보냈어?"

"아까."

겨우 세 시간 전에.

취업 사이트를 훑는 건 요즘 내 습관이기도 했다. 그렇게라도 하지 않으면 밀레니엄 특급 똥 덩어리가 된 기분이라 견디기 힘들었다. 물론 질릴 대로 질려서 사교육 쪽은 접어두고 다른 곳들부터 훑었다. 그렇게 취업 사이트를 검색하다 발견한 공고가 이 신도시에 위치한 피트니스 센터 내 사우나 관리자 업무였다. 버스를 타면 세 정거장, 걸어가면 다리 건너 20여 분 거리에 있는 곳이었다. 다닥다닥 붙어 있는 이곳 원룸촌과 달리 신도시 최고의 부촌으로 소문난 곳이 바로 거기였다. 만족스럽지는 않았지만 우선 땜빵으로 돈을 벌기에 나쁘지 않아 보였다.

"무슨 이 시간에 문자를 보내고 그래? 그거 제대로 된 회사에서 취하는 품위 있는 행동이 아닌걸. 취업 사기 아니면 오지게 사람 부려먹다 내던질 게 뻔하겠네."

공이 손사래를 쳤다.

"내 생각도 그래. 그렇다고 이렇게 놀 수도 없잖아."

무엇보다 나에겐 현실적으로 급격하게 바닥을 찍고 있는 통장 잔고를 채워줄 숫자가 필요했다.

나는 답장을 보냈다.

—네, 괜찮습니다.

그리고 답장을 보낸 지 1분도 안 되어 헬라홀에서 다시 연락이
왔다.

—오후 1시 면접에서 뵙겠습니다.

공은 턱을 괸 채 물끄러미 나를 바라보았다.

"헬라홀…… 헬라홀……."

공은 자신이 출연했던 반값 연극 아동극의 마녀처럼 주문을 외
우듯 그 이름을 나지막하게 속삭였다.

헬라홀

헬라홀 피트니스가 자리한 헬라홀 타워는 신도시 내에서도 부촌의 중심이었다. 바람이 매서운 날이라 나는 호주머니에 손을 집어넣은 채로 출입문 앞에 서서 잠시 헬라홀 타워를 바라보았다.

이 신도시가 개발된 뒤 상류층을 대상으로 한 대형 평수의 아파트와 빌라 단지가 마지막으로 들어선 동네가 여기였다. 거기다 부동산 시장이 막바지 오르가슴에 이르렀을 때라 분양가도 어마어마했다는 소문이 돌았다. 강남과 강북의 부자는 물론 경기도와 충청권의 알부자들까지 모두 관심을 보인 곳이 이 지역이었다. 거기에 해외에서 성공해 말년을 고국에서 보내기 위해 이곳으로 돌아온 이들도 적지 않았다. 공과 내가 사는 원룸촌에서 다리 하나 건너 있는 곳이지만 여기 집값은 차원이 달랐다. 단언컨대 이 동네사는 애완견이 나와 공보다 더 엥겔지수가 낮을 게 틀림없었다.

헬라홀 타워는 그런 아파트 단지 사이에 자리한 복합빌딩이었다. 왼편은 20층의 높은 타워형이었다. 오른편은 그보다 훨씬 낮고 둥그스름한 반구형 지붕이었다. 각기 다른 형태의 빌딩 두 개가 하나로 붙어 있는 셈이었다. 일종의 거대한 '짬짜면' 건물이라 할 수 있었다. 엉겁결에 면접 시간보다 일찍 도착한 나는 헬라홀 내부를 둘러보았다. 타워형은 오피스텔이었고 그 안에 벤처형 기업이나 입시학원, 병원 등이 입점해 있었다. 돔형의 1·2층에는 제과점이나 식당, 건강식품 판매점 등이 자리하고 있었다. 그리고 3층부터 7층까지가 전부 헬라홀 피트니스였다.

사실 헬라홀 타워에서 가장 인상적인 건 로비에 들어서자마자 눈에 띄는 공인중개사 사무소였다. 사무실 유리에는 널찍한 플래카드가 걸려 있었다.

이제 투자의 눈을 높여 국내 아닌 세계로!

LA, 뉴저지 매물 다량 보유

중국, 말레이시아, 인도네시아, 필리핀 투자 상담

부동산 광고 문구만 보아도 대단한 사람들이 드나드는 타워인 건 틀림없어 보였다. 나는 잠시 엘리베이터 앞에 서서 두 주먹을 불끈 쥐고 심호흡을 했다.

엘리베이터를 타고 3층에서 내리니 바로 헬라홀의 로비였다. 어디선가 경쾌하지만 천박하지 않은 클럽 음악이 흘러나왔다. 프런트에는 붉은색 실크블라우스와 검정색 스커트 유니폼 차림의 늘씬한 미인 둘이 서 있었다.

"아, 저기…… 저."

나는 프런트 앞에서 잠시 머뭇거렸다.

"네, 안녕하세요? 피트니스 투어 오셨나요? 우선 안내 책자 먼저 준비해드리겠습니다."

오랜만에 느껴보는 과도해서 쑥스러운 여객기의 스튜어디스 매뉴얼 같은 친절이었다. 붉은색 블라우스와 검정 스커트의 조화 탓에 한국보다는 중국 같은 사회주의 국가 쪽이 떠올랐지만.

나는 괜스레 머리를 긁적였다. 그러다 양복도 입지 않았는데 너무 꾀죄죄해 보일까 싶어 괜히 그녀들의 얼굴을 뚫어져라 쳐다보았다. 아침에 고민하다 정장 대신 그냥 면바지와 목을 덮는 깔끔한 니트 위에 코트만 걸쳐 입은 상황이었다.

"면접입니다. 남자 사우나!"

"아, 남자 사우나아?"

방금 내게 말을 붙인 여직원이 말꼬리를 길게 빼며 살짝 김빠진 말투로 말했다. 그러더니 재빠르게 어딘가로 전화를 걸었다. 그사이 나는 여객기를 타고 허공에 떠 있는 상상에 빠져들었다. 가난한 문학의 나라에서 부유한 피트니스의 나라로 향하는 이주노동자가 바로 나 손태권이었다. 단편소설 한 편의 원고료보다 대략 두 배쯤의 월급을 주는 곳으로 소설가는 이동 중이었다.

"고개 돌리시면 좌측에 있는 곳이 남자 사우나 입구예요."

내가 고개를 뒤로 돌렸을 때 남자 사우나 입구에서 한 명의 노인이 저벅저벅 걸어 나왔다. 고목같이 마른 노인은 목이 늘어진 셔츠와 낡은 운동복 반바지 차림이었다. 머리숱은 없고 어깨에는 수건을 걸친 채였다. 입이 말라 혀를 날름거려서인지 노인은 무언가 배고픈 개미핥기 같았다.

"저 안에 사무실이 있어요?"

"사무실은 4층이에요. 거긴 가실 필요 없고요, 그냥 남자 사우나로 들어가시면 됩니다."

그때 헬라홀 로비로 세 명의 노인들이 나타났다. 둘은 노부부였고 나머지 한 명은 등산복 차림으로 이마의 땀을 닦으며 들어왔다. 프런트의 여직원들은 내가 처음 나타났을 때처럼 똑같은 각도로 고개를 숙이고 같은 톤의 목소리로 상냥하게 인사했다. 나는 멋쩍은 걸음으로 남자 사우나 입구 쪽으로 향했다.

"네엡! 안녕히 가십시오."

'군대야?'

우렁찬 목소리의 주인공이 나를 향해 인사를 한 건 아니었다. 또 한 명의 노인이 방금 전의 노인과 쏙 빼닮은 표정으로 느린 걸음으로 걸어 나왔다. 어깨에 수건을 걸친 것까지 똑같았다. 노인은 느린 걸음으로 헬라홀의 스튜어디스가 있는 프런트를 지나 헬스장으로 움직였다.

어젯밤 자정 가까이 문자를 보낸 사람이 바로 남자 사우나 팀장이었다. 나를 보자마자 급한 마음에 서둘러 문자를 보내 미안하다고 사과까지 했다. 그러고는 나를 데리고 남자 사우나의 창고 같은 곳으로 갔다.

남자 사우나 입구 문간방 같은 그곳은 세 평 남짓한 크기에 비품 창고와 사우나 매니저의 휴식 공간을 겸하는 곳이었다. 왼쪽 선반에는 많지 않은 운동복 몇 벌이 있었다. 오른쪽 선반에는 면도크림, 헤어크림, 스킨, 로션과 더불어 뭐가 담겨 있는지 짐작 안 가는 상자들이 그득했다. 여기서 휴식을 취하는 사람들을 위한 거라곤 낮은 책상과 등받이 없는 둥그런 의자가 전부였다. 물론 그 의자 역시 내가 앉자마자 삐걱거려 자칫하면 엉덩방아를 찧을 뻔했다.

"조심하세요. 다리 하나가 좀 부실합니다. 엉덩이를 걸치듯이 앉아야 할 겁니다."

팀장은 차곡차곡 개어놓은 목욕탕 카펫에 앉아 내 이력서를 살폈다. 좁은 방에서 남자들 사이에 어색한 침묵이 감돌았다. 나는 팀장의 옷차림을 살폈다. 헬라홀의 스튜어디스와 마찬가지로 빨간 상의에 검정 바지 조합이었다. 하지만 사우나 매니저가 입는 옷은 후줄근한 면 티셔츠에 물이 튀어도 금방 마를 법한 폴리 소재의 얇은 바지였다.

"손태권 씨, 혹시 태권도를 잘하시나요?"

팀장은 농담을 하고 나서 민망한지 멋쩍게 웃었다.

"발차기는 잘하는데요, 여기서 발차기할 일이 있을까요?"

"안 됩니다. 큰일 납니다. 발소리도 크게 내면 안 된다고요. 회원님들께서 시끄러운 걸 아주 싫어하니까. 정숙한 곳에서 편히 쉬시길 바라는 분들입니다. 그분들이 조금의 불편함도 느끼지 않게 돕는 게 우리 일이죠. 그래서 우리 남자 사우나는 4성급 이상의 호텔 사우나 분위기를 지향합니다."

작달막한 체격의 팀장은 익숙한 분위기의 사내였다.

40대 초반이라는 그는 자그마한 체격에 곱슬머리였고 뿔테안경을 썼다. 피부는 하얗다 못해 파르스름한 빛까지 감도는 것 같았다. 하지만 그의 인상의 정점은 바로 눈이었다. 빠직거리는 신경질과 까칠까칠한 성향이 고스란히 느껴지는 눈에 그의 세계관이 모두 담겨 있었다. 슬프게도 살면서 그런 종류의 남자들을 많이 만나왔다. 중학교 때 선생님 중 한 명도 그랬고, 독서실 총무 형도 비슷했다. 군대 고참들 중에도 이런 남자가 있었다. 먼지 하나만 봐도 소스라치게 놀라고 책상 위가 흐트러지면 삶을 시궁창으로 느끼는 그런 남자들 말이다. 팔짱을 낀 채 돌아다니며 잔소리를 늘어놓는 B사감 같은 남자들 중 하나가 바로 내 앞에 앉아 있는 팀장이었다.

안타깝게도 나는 깨끗한 책상 앞에 앉아본 기억이 없었다. 책과 종이 뭉치와 볼펜이 뒤얽힌 공간에서 나는 안락감을 느끼는 존재였다.

"그런데 우리는 서른여덟 살 이상을 뽑는다고 했는데…… 연령 제한 못 봤나봐요. 밑에 추가 사항으로 적어놓아서 그런가?"

아…… 사실이 그랬다. 하지만 사실대로 말할 수야 없지.

"혹시 나이 제한 두신 이유가 있습니까? 저는 이상하게 납득이 안 가서요."

"솔직히 젊은 남자들이 할 일은 아니잖아요. 그러니 다들 일하다가 금방 그만두고 그래요. 이해는 가죠. 젊은 남자들이 일하기엔 쪽팔리고 보수도 적고……."

"그럼, 탈락인가요?"

"그러기엔 우리가 사람이 좀 급해서. 혹시 내일부터 교육받을 수 있어요?"

나는 고개를 끄덕였다.

"그럼 그렇게 합시다. 오늘은 일단 헬라홀 남자 사우나 구조하고 여기에 찾아오시는 회원님들에 대해서 알려드릴게요."

그렇게 말하고서 그는 앉아 있던 카펫 더미에서 일어났다.

"아니, 면접이 이게 다예요?"

"사우나 매니저 면접에 뭐 얼마나 대단한 게 필요하겠어요. 또 자세한 걸 물어봐서 뭐해. 남자로 태어나서 여기까지 왔으면 다 구구절절하겠지."

"사장 면접은요?"

"헬라홀 피트니스에는 사장님도 회장님도 계십니다. 하지만 사우나 매니저 이력서를 보는 건 팀장 위의 업무부장 정도에서 끝이죠."

그러더니 그는 나를 위아래로 훑어보았다.

"어쩌나…… 그 니트 엄청 덥겠네."

창고방을 나선 팀장은 빠른 걸음으로 하지만 소리 없이 움직였다. 직선으로 걷다 재빠르게 사선으로 걸을 때도 있었다. 원목 바닥에 조금은 어두운 느낌이 드는 천장의 백열 조명 덕에 확실히 남자 사우나 안은 호텔 사우나와 비슷한 느낌이 들기는 했다.

"여기가 개인사물함입니다. 개인사물함 열쇠는 회원님들께서 직접 가지고 다니시죠. 하지만 챙겨 오는 걸 자주 까먹어요. 우리가 마스터키로 열어줘야 하는 일이 하루에 열 번 정도는 있습니다."

개인사물함의 복도를 지나니 넓은 로커룸이었다. 복도와 접한 옷장의 측면 벽은 전면거울이 붙어 있거나 운동복을 놓아두는 수납공간으로 개조한 상태였다.

"자, 우리의 가장 중요한 일. 바로 양말과 운동복 사수예요. 운동복, 양말, 그리고 사우나 출입문 앞에 비치한 수건이 떨어지지 않게 늘 신경을 곤두세워야 합니다."

팀장이 둥글게 말아놓은 양말 하나를 바구니에서 꺼내더니 펼쳐서 내게 보여주었다.

"지금 이 양말은 작고 단단하지만 나날이 발바닥과 발목 부분이 늘어납니다. 회원님들이 늘어난 양말은 잘 신지 않으려 하니까 새 양말이 떨어지지 않게 항상 신경 써야 하죠."

하지만 내 눈에 들어온 건 양말 발바닥에 쓰인 글씨였다. 커다랗게 유성매직으로 쓴 '대여품'.

팀장은 다시 빠른 손놀림으로 양말을 둥글게 말아 바구니에 집어넣었다.

"여기서 중앙복도 쪽으로 우회전하면 스테이션하고 파우더룸으로 가는 지름길입니다. 하지만 회원님들의 일반적인 동선은 그렇지가 않죠. 그 동선을 따라 안내할게요."

나는 직진하는 팀장의 뒤를 따랐다.

그때 노인 한 사람이 수영복 차림으로 세면도구를 들고 우리 옆을 지나갔다. 팀장은 양팔을 옆으로 착 붙이고 큰 소리로 인사했다. 하지만 노인은 귀가 어두운지 그냥 지나갔다. 노인이 지나간 자리마다 뚝뚝뚝 물이 떨어졌다. 팀장은 슬리퍼를 벗고 신고 있는 양말로 재빠르게 그 물방울들을 비벼댔다. 역시나 팀장은 살아 있는 로봇청소기가 틀림없었다.

"이 양말이 나일론 소재가 아니라 두툼한 면 소재라 걸레질에 좋아요. 하지만 회원님들이 보시면 양말로 바닥의 물기를 닦는다고 불쾌하게 여기겠죠. 그러니까 안 보일 때 재빠르게 닦는 기술이 필요합니다."

그리고 팀장은 한쪽 눈을 찡긋했다.

"이게 기술입니다. 무엇을 하든 눈에 띄면 안 됩니다. 우린 늘 이곳의 회원님들께 없는 듯 있는 사람이어야 해요."

로커룸이 끝나는 곳은 두 개의 길로 나눠졌다. 계단을 따라 올라가면 수영장이었다. 수영장은 3층 사우나와 4층 골프장 사이 복층에 있었다. 하지만 팀장은 내가 수영장에 갈 일은 거의 없을 거라 했다.

"그럼, 골프장은요?"

헬라홀의 골프연습장은 단순한 실내 골프연습장이 아니었다. 4층부터 7층까지 터서 널찍한 공간을 만들어놓은 곳이었다. 일종의 실내에 존재하는 가상의 야외 골프장 같은 분위기라고 했다.

"거긴 나도 일하면서 딱 한 번 가봤습니다. 회원님께서 열쇠 두고 오셨다고 해서요."

팀장이 몇 걸음 더 움직이자 우리 옆의 유리 자동문이 열렸다.

"덥겠지만 따라 들어와요. 골프장은 못 가지만 목욕탕은 수건하고 거품타월 걷으러 질리도록 돌아다녀야 하니까."

헬라홀 남자 사우나의 목욕탕 안은 규모만 작지 있을 건 다 있었다. 냉탕이나 열탕, 녹차를 우려낸 아이템탕은 물론이고 중앙에는 제법 큰 원형의 히노끼탕까지 있었다. 사우나도 습식과 건식 두 개를 오롯이 갖추었다. 팀장은 히노끼탕을 중심으로 목욕탕 한 바퀴를 돌았다. 평일 오후여서인지 안구가 돌출된 탓에 대형 잉어를 닮은 노인 홀로 그 안에서 두 눈을 껌뻑이며 우리를 힐끔댔다. 팀장은 노인을 향해 가볍게 목례했다.

"목욕탕 안에서는 큰 소리로 인사하지 말고 회원님과 눈이 마주칠 때만 목례하세요."

팀장이 내 귀에 나직하게 속삭였다.

"왜요?"

"회원님들께서 목욕탕 안에서 벌거벗은 채 인사받는 걸 부담스러워하십니다."

히노끼탕을 지나자 우리가 들어온 반대편 쪽에 자동문이 있었다.

겨우 3분여를 있었을 따름인데 두툼한 니트 탓에 두 발로 걷는 사우나가 된 기분이었다.

"아이고, 얼굴에 땀 좀 봐. 얼른 나갑시다."

반대쪽 자동문으로 나가자 겨드랑이 밑이 서늘해지면서 축축한 느낌이 들었다.

수영장 반대편 출구는 곧바로 파우더룸과 이어졌다. 역시나 바닥은 원목이었고 화장대는 대리석 마감이었다. 천장과 거울 위에 설치된 조명 또한 은은한 빛이 감돌았다. 때 낀 장판에 허연 형광등 불빛이 켜진 평범한 남자 사우나와 헬라홀 남자 사우나는 참 다르긴 달랐다. 하지만 내가 놀란 건 이 고급스러운 파우더룸 때문이 아니었다. 그 우아한 공간을 벌거벗은 백발의 노인들이 모두 점령하고 있어서였다.

"음…… 으음."

"한숨이 기네요?"

"그게…… 그러니까, 낯설어서요."

어떤 노인은 드라이어를 하복부에 대고 무심히 백발의 음모를 말렸다. 자리에 앉아 온몸에 보디로션을 바르느라 오만상을 찌푸리는 노인도 있었다. 어떤 노인은 쿨럭쿨럭 기침을 하며 화장대 거울을 빤히 쳐다보았다. 돋보기를 쓴 채 스마트폰을 바라보며 히죽히죽 웃는 노인도 있었다. 노인들을 위한 나라가 없는 게 아니었다. 바로 여기 헬라홀에 존재했다.

"손님분들이……."

"회원님! 회원님이라 해야 합니다."

팀장은 그렇게 말한 뒤 파우더룸을 가로지르며 일일이 노인들에게 인사했다. 물론 그 인사에 대답하는 노인들은 한두 명 정도였다. 나는 멋쩍게 그 뒤를 따라갔다. 파우더룸 안쪽에는 별도의 이발실이 있었다. 어두침침한 조명의 다른 곳과 달리 그곳은 형광등 불빛이 환했다. 그곳에서 키 작은 이발사가 숱 없는 백발의 머리를 정성껏 가위로 손질 중이었다.

"이발소 사장님은 헬라홀 피트니스가 처음 생겼을 때부터 일하신 분이죠. 이발 경력 40년이 넘은 이발의 달인이시고요. 머리를 자르실 때는 인사를 해도 몰라요. 한 올 한 올 머리카락 자르는 데 엄청 집중하고 계시니까요."

파우더룸에서 로커룸으로 가는 복도 옆 벽에는 미닫이문이 하나 있었다. 그 문에는 아무 표시도 없었다. 내가 물끄러미 그 문을 바라보는데 갑자기 벌컥, 문이 열렸다. 사우나복 바지만 입은 노인이 반지르르한 얼굴로 나타났다. 물론 얼굴만 반지르르하진 않았다. 흰 털 섞인 가슴 털 돋은 가슴팍, 불룩한 배까지 모두 반지르르했다. 늙었지만 건장한 체격의 노인이었다. 며느리와 불륜으로 끙끙거리는 일본식 포르노에 등장하면 딱 어울릴 법한 캐릭터였다.

"안녕하십니까!"

팀장이 절도 있는 목소리로 인사했다.

노인은 고개를 끄덕이고는 힐끔 나를 보았다.

"아, 오늘 면접 보러 온 사람입니다."

내가 인사를 할까 말까 고민하던 차에 노인은 입술을 쑥 내밀고 파우더룸 쪽으로 뚜벅뚜벅 걸어갔다.

"아, 저 문 안쪽은 우리에게 출입금지 구역입니다. 회원님들 마사지룸이니까요."

"마사지요? 불법 안마? 여기서 그런 것도 해요?"

팀장이 찌푸렸다.

"아니, 이런 고급스러운 장소에서 그런 일이 있겠어요. 피부 관리 센터예요. 전신 마사지가 100분에 40만 원입니다."

40만 원이면 여기서 받을 내 월급의 4분의 1쯤이었다.

"그 돈을 내고요? 고작 피부 관리에?"

"뭐, 못 받을 건 없죠. 여기는 1퍼센트의 남자들이 다니는 곳이니까. 우리 같은 남자들과는 돈을 쓰는 차원이 달라. 가족이 아니라 자기만을 위해 마음껏 투자할 능력이 있는 남자들이죠."

우리 두 사람은 다시 로커룸과 개인사물함을 지나 창고방 쪽으로 돌아왔다. 그사이 팀장은 몇 번이나 미간을 찌푸리며 슬리퍼를 벗고는 발바닥으로 재빠르게 바닥의 물기를 닦아냈다.

"그런데 여기는 회원님들 연령대가 높은가봐요?"

"뭐, 지금이 낮 시간이라 한가한 어르신들이 많이 오시죠. 아침 저녁으로는 직장인들이나 개인사업자들도 많이 옵니다. 하지만 평균 연령이 65세 이상이긴 해요. 이 동네 자체가 그렇다더라고.

서울에서 갑으로 살아온 노인들이 말년에 공기 좋은 신도시의 고급 아파트를 분양받아 내려온 경우가 많으니까요. 그리고 여기 오는 중장년층도 대부분 전문직이나 사업가죠. 다들 이 사회의 갑이죠. 그것도 어디 보통인가. 한국 사회 1퍼센트에 속하는 남자들이 대부분입니다. 그 1퍼센트를 위한 멤버십 피트니스가 바로 헬라홀이죠. 그러니 당연히 여기서 일할 때 중요한 건 회원님에 대한 친절입니다."

그러더니 팀장이 눈살을 찌푸리고 내 얼굴을 훑어보았다.

"어디 보자, 태권 씨 눈이 서글서글하긴 한데 인상 쓰면 좀 무섭겠어요. 눈썹 짙고 수염도 많고."

"면도는 꼭 제때……."

"그것도 그건데 하여튼 회원님들과 눈이 마주치면 최대한 친절한 얼굴로 미소 지으세요. 손님들이 혹시라도 태권 씨의 무표정한 얼굴을 보고 불쾌감을 느끼면 안 됩니다."

"제가 미소가 아름다운 편이 아닌데요. 혹시 제가 쪼갠다고 생각하면 어쩌죠?"

팀장은 잠시 고개를 갸웃거렸다.

"아닙니다. 아마 회원님들께선 우리 같은 사람이 함부로 자신들을 비웃을 수 있을 거라 생각 못 할 거예요. 이 안에서도 늘 1퍼센트의 대우를 받는다고 생각하니까요."

"우와, 여기서 우리는 완전 을이네."

나도 모르게 얼굴이 찌푸려졌다.

"무슨 소리! 우리는 여기서 을이 아닙니다. 그냥 병이에요. 자, 찌푸리지 말고 얼른 스마일."

세상에, 성격상 까칠할 게 틀림없을 이 남자의 입매에 감도는 인자한 엄마 미소라니.

이름 없는 병

"자, 헬라홀 남자 사우나의 세계에 온 걸 환영합니다."

다음 날 출근하자 팀장이 두 팔 벌려 나를 반겼다.

"그럼, 오늘부터 사우나 매니저 업무 시작인가요?"

"아닙니다. 오늘은 훈련소에 들어왔다 생각하십시오. 딱 사흘 동안만."

팀장이 입가에 알 듯 말 듯한 미소를 지었다.

"그럼 제식훈련 같은 것도 해요? 총기 조립이나 사격 훈련처럼 샤워기로 촤촤촤촤, 1퍼센트 남자들에게 물총 쏘기?"

농담에는 농담으로 반응해야 할 것 같아 이렇게 말했으나 팀장의 표정이 싸늘해졌다.

"태권 씨 이상하네. 앞으로 훈련 기간 동안 쓸모없는 말장난은 자제하세요. 일을 배우려면 농담할 여유가 없습니다."

팀장이 그리 말해도 나는 별로 걱정하지 않았다. 그도 그럴 것이 헬라홀 남자 사우나에서 우리 사우나 매니저들은 애매한 업무에 종사했다. 옷장 열쇠를 나눠주는 것은 프런트 여직원들의 업무였다. 목욕탕에 흔히 상주하는 목욕관리사처럼 이태리타월을 손에 끼고 벌거벗은 잘난 남자들의 등짝을 벅벅 밀어줄 일도 없었다. 목욕탕 청소 업무도 피트니스 영업이 끝나고 한 시간쯤 뒤에 나타나는 고무장갑, 대걸레, 락스통으로 중무장한 청소 아주머니들의 몫이었다.

결국 이곳에서 사우나 매니저의 주요 업무는 양말, 수건, 운동복 등이 떨어지지 않게 신경 쓰는 것이 전부인 듯했다. 세탁실에서 올라오는 그 물품들을 제때에 공급하고 또 정해진 시간에 회원들이 쓴 그 물품들을 수거해 카트에 실어 세탁실로 내려 보내기, 그러면 끝인 듯했다. 세상에 이토록 한가한 직업이 있다는 게 신기했다. 1퍼센트의 세상에서 떨어지는 1퍼센트의 안락한 콩고물이라니.

하지만 훈련이 시작되자마자 내 생각이 착각이라는 걸 금방 깨닫고 말았다. 팀장은 내가 로커룸 측면 수납공간에 옷을 정리하는 걸 보고 혐오스러운 표정을 지었다. 운동복 셔츠를 쌓을 때도 반듯하게 줄을 맞춰 올려놓기를 바라는 것이었다. 더구나 접혀 있는 옷의 두께 또한 모두 일정하길 바랐다. 이토록 사소한 일에 이처럼 수많은 규칙이 필요하다니. 팀장은 내가 둥글게 말아놓은 양말들을 바구니에 정리한 걸 보고는 그것들을 꺼내 바닥에 패대기쳤다.

"계란판 안의 가지런한 계란들을 상상하며 정리하세요. 아주 엉망진창이야."

"아니, 어제 말씀하신 것처럼 양말이 늘어나서 크기가 다 각각 다른데요."

"그러니까 각자 크기별로 줄을 맞추라고요. 왼쪽에는 제일 많이 늘어진 것, 가운데에는 중간쯤 늘어진 것, 오른쪽에는 단단한 새 양말!"

티셔츠나 양말 정리는 그래도 할 만했다. 제각각 늘어난 크기가 다른 운동복 상의나 반바지는 반듯하게 줄을 잡아 쌓아두기가 쉽지 않았다.

"이건 사다리꼴로 쌓으세요. 아래쪽은 더 늘어난 것, 위쪽은 덜 늘어난 걸로."

나는 팀장의 시범을 보며 한숨을 내쉬었다.

"꼭 그렇게 해야 돼요? 이거 어차피 손님들이 와서……."

"회원님들입니다."

"회원님들이 와서 후다닥 입고 가는 옷이잖아요?"

입고만 가면 양반이었다. 회원님들은 방금 전 우리가 사다리꼴로 쌓아놓은 운동복 반바지를 제멋대로 헝클어뜨리기 일쑤였다. 똑같은 운동복 반바지 중에서도 허리 밴드 부분이 덜 들어난 걸 찾으려고 들쑤셔대는 탓이었다.

"그게 병의 할 일이죠. 항상 단정한 공간으로 느껴져야 합니다. 백화점 의류 매장에 들어선 것 같은 기분을 느끼게 해드리는 게 우리 업무예요."

옷만이 아니었다. 수건, 파우더룸의 로션과 스킨, 일자빗, 드라이어를 놓는 데도 일정한 위치와 각도가 필요했다.

"왜 이렇게 물건들의 각이 어긋나지? 이렇게 해놓으면 회원님들이 얼마나 불쾌해하시겠어요. 여기서 일하는 우리들이 얼마나 성의 없다고 여기겠냐고요."

"겨우 일자빗 두 개 엇갈려서 놓은 게 전부인데요?"

"여기 회원님들 상류층이고 꼼꼼하고 예민하죠. 한 기업의 대표도 있고, 퇴직한 판사에, 사단장까지 했던 90세 회원님도 계십니다. 그분들이 바깥에서 얼마나 고급스러운 대우를 받겠어요? 우리도 결코 거기 뒤져서는 안 됩니다."

규칙은 목욕탕 안에서도 존재했다.

팀장은 큰 대야나 작은 대야가 함부로 굴러다니는 걸 보지 못했다. 회원님들은 언제나 그것들을 팽개쳐두기 마련이지만 팀장은 재빠르게 착착 포개어 구석자리에 놓아두었다. 물론 갑자기 머리에 비누칠을 한 노인이 나타나 버럭 화를 냈지만.

"이거 뭐 하는 거야? 잠깐 샤워하면서 머리 감고 있는데 내가 쓰던 대야 치워버리면 어쩌자는 거야?"

"죄송합니다, 회원님. 빨리 가져다드리겠습니다."

팀장은 바람보다 빨리 대야를 집어 그 노인에게 가져다주었다. 그러고는 자그마한 목소리로 내 귀에 속삭였다.

"그러니까 타이밍을 놓치면 이런 일이 생깁니다. 회원님들이 다 쓴 대야인지, 아직 쓰고 있는 대야인지 눈치를 잘 봐야 해요."

물론 대야 안에 샴푸나 면도기가 없는 이상 그걸 알기란 쉽지 않을 것 같았다.

목욕탕에서 세탁물 수거를 할 시에는 허리를 잔뜩 숙이고 젖은 수건이 담긴 바구니를 낮게 들어야 했다. 젖은 수건을 옮겨 담을 때도 동작 하나하나에 신경 써야 했다. 혹시나 비눗물 한 방울이라도 회원님들께 튀면 아니 되니까.

"젖은 수건에서 비눗물이 튀어봐야 얼마나 튀겠어요? 그리고 비눗물이 염기성 용액이지 무슨 암모니아나 염산도 아니잖아요?"

내 목소리가 제법 컸는지 목욕탕의 노인들이 우리를 힐끔거렸다. 물론 그들은 우리 두 사람에게 말은 걸지 않았다. 그저 묵묵히 샤워기 밑에서 몸을 씻거나 탕 안에서 지그시 눈을 감았다. 마치 갑의 귀에 이름 없는 병의 목소리는 들리지 않는다는 태도였다.

"태권 씨, 따라 나오세요."

우리가 목욕탕을 나와 복도를 가로질러 창고방으로 향하는 와중에도, 그는 복도에 떨어진 물기를 보면 슬리퍼를 벗고 재빠르게 양말로 비벼댔다.

창고방에 들어오고서야 팀장은 목소리를 높였다.

"태권 씨, 뭐가 불만이죠? 이해가 안 가네. 일을 배울 의지가 있어요 없어요?"

"아니, 뭘 그렇게까지 공을 들이는지 이해가 안 간다고요. 이게 그냥 일이지 무슨 수납 정리 수공예는 아니잖아요?"

반나절 내내 옷을 꺼냈다 다시 수납하고, 각도를 가지런히 해서 빗을 놓고, 세탁물을 조심스레 수거하는 연습을 하느라 나는 지쳐 있었다. 더구나 그게 우리에게 일절 신경도 쓰지 않는 벌거벗은 노인들을 위한 일이라니.

"맞아요, 일입니다. 일이야. 그러니까 좀 열심히 배우라고요. 좋게 보여서 뭐가 나빠요?"

생각해보니 내가 화가 난 건 옷을 정리 정돈하고 세탁물을 조심스레 수거하는 행동 때문만은 아닌 듯했다.

"아니, 그러니까, 꼭 그렇게 비위를 맞춰야 하냐고요. 그 사람들, 아니 회원님들께선 그냥 왔다가 옷 갈아입고 골프 치고 헬스하고 목욕 한 번 하고 집에 가는 게 전부잖아요."

팀장은 제자리에 선 채 손으로 머리를 부여잡았다. 하지만 이 남자는 뭉크의 〈절규〉로 변신하는 대신 눈만 한 번 질끈 감았다 떴다.

"태권 씨, 생각이 너무 많네요. 너무 많이 생각하지 말아요. 우리가 생각해야 하는 건 운동복에 대한 것과 사우나에 대한 것 두 개면 끝입니다."

"아니, 생각이 아니라 의문이잖아요. 팀장님은 내가 왜 이래야 하나 화나고 불쾌한 적 없어요?"

팀장은 한숨을 푹 내쉬었다.

"난 무시당하는 게 싫습니다."

"그렇죠? 저도 그래요. 사람은 다 무시당하는 거 싫어한다고요. 그런데 왜 헬라홀 안에서 무시당하는 존재처럼 움직여야 하느냐,

그게 불만이라고요."

"태권 씨, 여기 헬라홀에 오는 남자들은 자기들이 우리보다 저만치 높은 곳에 있다고 생각합니다. 우리 같은 남자들과는 급이 다르다고 생각하죠. 그러니까 헬라홀 밖에서는 몰라도 여기서는 우리는 바닥 것들이라 이거야. 하지만 나는 바닥이라고 바닥처럼 보이고 싶진 않아요. 그래서 작은 흠 하나 잡히고 싶지 않은 겁니다. 내가 저 사람들한테 흠 잡히고 무시당하면 그대로 폭발하지도 모르니까요."

물론 폭발한 사우나 매니저는 이곳에서 지뢰 취급을 당할 게 틀림없었다. 아니 폭발까지 안 가고 눈만 부라려도 우린 제거되어야 할 지뢰 취급을 받을 거다. 그건 반나절만 여기서 일해도 알 수 있는 사실이긴 했다. 나나 팀장이나 이곳에선 납작한 놈들이니까.

팀장은 책상 위에 올려둔 물병을 집어 들고 거푸 물을 마셨다.

헬라홀 남자 사우나 안은 목욕탕을 빼고는 건조했다. 직접 가본 적은 없지만 대단한 석유 부자와 노예처럼 짐만 나르는 낙타, 그리고 끝없는 사막뿐인 사우디아라비아가 떠올랐다. 헬라홀은 어쩌면 대한민국 안에 있는 1퍼센트 남자들을 위한 앗싸라 비아 사우디아라비아인지 몰랐다.

"목마르죠?"

"그러네요."

목이 말랐다. 반대로 겨드랑이와 등짝은 땀으로 펑 젖었고.

"여기서 일할 마음 있으면 내일부터 물병은 꼭 챙겨 오세요."

팀장은 내게 자기 물병을 건네지는 않았다. 아마 내가 입을 대고 마시면 정리 정돈을 못하는 바이러스가 옮는다고 믿고 있는지도 몰랐다. 이 까칠하고 소심한 40대 남자는.

"정수기에서 찬물 한 잔 뽑아 마시고 세탁물 수거하세요. 목욕탕 수거 끝나면 회원님들이 벗어둔 운동복도 수거하고. 나는 잠시 뒤에 나갈 테니까."

나는 창고방 밖으로 홀로 나갔다.

여기서 몇 걸음만 더 바깥쪽으로 움직이면 헬라홀 남자 사우나 입구였다. 신발장에서 운동화를 신고 뒤도 돌아보지 않고 걸어 나가면 이 세계와 영원히 바이바이였다. 하지만 나는 바로 뛰쳐나가는 대신 복도를 따라 로커룸 안쪽 깊숙한 곳으로 갔다. 그 맨 구석 쪽에 사우나 매니저들이 사용하는 로커들이 모여 있었다. 나는 그중 167번 안에 있는 내 옷을 꺼내 갈아입고 나갈 생각이었다. 이 후줄근한 빨간 셔츠와 밑단이 오글오글 오그라든 검정 바지를 입고 나가기는 추호도 싫었으니까. 나는 바지 주머니에 넣어둔 열쇠를 손으로 만지작거리며 잠시 서 있었다.

"새로 왔나?"

목이 길고 몸은 말랐지만 배는 불룩 나온 노인이었다. 그는 지구 아닌 외계에서 온 '깐따빌라' 같은 눈빛으로 물끄러미 나를 훑었다.

"아, 안녕하세요."

나도 모르게 재빠르게 양팔을 붙이고 인사했다. 울분에 찬 얼굴이 금방 미소 띤 얼굴로 바뀌었다.

"그래, 새로 왔구나."

그 말만 하고 노인은 목욕탕 쪽을 향해 걸었다.

나는 167번 로커 앞에서 열쇠를 두어 번 더 만지작거렸다. 마음을 정하기까지 시간은 그리 오래 걸리지 않았다.

나는 목욕탕의 젖은 수건들을 모두 수거했다. 그리고 다시 로커룸으로 나와 수납공간 맨 안쪽 칸 둥근 구멍 밑에 있는 바구니를 꺼냈다. 그 안에는 땀에 찌든 운동복과 양말 들이 하나 가득이었다. 그걸 모두 카트에 넣고 창고방 앞에 도착하니 세탁물이 어느새 산더미였다.

그때 팀장이 창고방 문을 열고 슬그머니 나타났다. 나는 쉰내 풀풀 풍기는 세탁물 한 뭉텅이를 집어 팀장에게 집어던졌다. 아니, 그럴까 잠시 고민했다. 하지만 갑들이 지배하는 세계에서 병끼리의 세탁물 테러가 무슨 소용이랴 싶어 그만두었다.

"생각보다 빨리 끝냈네요? 잘했어요."

팀장은 카트에서 바닥으로 떨어진 양말 하나를 주워 다시 세탁물 더미 위에 올려두며 말했다.

"원래 제가 몸이 빠른 편이거든요."

"그건 인정. 머슴처럼 몸이 빠릅디다. 하지만 꼼꼼하지가 않아. 지금도 봐, 또 까먹었어. 내가 이 위를 수건으로 덮어놔야 한다고 말했잖아요. 회원님께서 들어오시다 이 지저분한 세탁물들을 보면 무슨 생각이 들겠어요?"

"자기가 싼 똥을 확인하는 기분……?"

그는 내 대답에 아무 대답도 하지 않았다.

그저 한숨을 내쉬고 세탁물 더미에서 수건들을 꺼내 카트 위를 재빠르게 덮었다. 그러자 카트는 마치 시체 하나를 욱여넣은 것처럼 으스스하게 보였다.

"이것들 얼른 버리고 오세요. 그리고 운동복이 곧 떨어질 것 같으니 세탁실에서 올라오기 전에 미리 가져와야 할 것 같습니다."

나는 카트를 밀고서 남자 사우나를 빠져나갔다. 그리고 헬스장 쪽으로 재빠르게 움직였다. 헬스장 안에는 금방이라도 쓰러질 것 같은 노인들이 러닝머신 위에서 달리거나 벤치프레스를 하며 땀을 흘리고 있었다. 악착도 그런 악착이 없어 보였다. 나는 헬스장의 세탁물까지 모두 수거한 다음 3층 구석 자리로 카트를 몰았다. 거기에 세탁물을 내려 보내는 작은 구멍이 숨어 있었다.

나는 흰 벽에 있는 환풍기 크기의 작은 문을 열었다. 구멍에서는 요란한 바람 소리가 들려왔다. 나는 구멍 안으로 서둘러 카트에 실어놓은 세탁물을 내려 보냈다. 세탁물은 커다란 파이프를 따라 빠른 속도로 지상 3층에서 지하 3층의 세탁실로 추락했다.

투닥, 투닥, 투다다다다닥.

대한민국 상류층 남자들이 땀 흘리며 쏟아낸 시간의 설사에선 그런 소리가 들렸다.

"뭐랄까, 그때 내 자존감이 바닥까지 추락했다."

나는 컵라면 국물을 후루룩 마신 후에 공에게 말했다.

나와 공은 마주 보며 야식으로 컵라면을 비웠다. 훈련 기간 동안은 매일 밤 10시까지 팀장과 함께 마감을 해야 했다. 훈련이 끝나야 정상적인 중간조 출근이 가능했다.

"그런데 태권, 왜 팀장과 싸운 뒤에 바로 안 나왔어? 그 노인이 로커룸에서 위로를 해 준 것도 아니잖아."

공은 내 이야기에서 그게 궁금했던 모양이었다.

"사실 나도 모르겠어."

"모른다고?"

"새로 왔어, 새로 왔구나, 그게 다였어. 그것도 사람이 아니라 택배로 온 물건이나 식탁 위에 며느리가 갖다 놓은 새 주전자에게 건네는 말투 같았다고."

나는 그리 말하고 마지막 남은 라면 면발을 젓가락으로 집었다.

"무시해서 악에 받쳤다?"

"그게 무시는 아닌데. 그랬다면 화가 났겠지. 그게 아니라 그 노인네는 그냥 나한테 무심했던 거야. 그 순간에 이상하게 의지 같은 게 생기더라."

"그 의지가 어떤 의지인데?"

"아이고, 그건 나도 모르겠고. 그냥 나도 모르겠는 감정이야."

"너 참 답답다. 아니, 소설가가 자기 감정을 설명도 못 해?"

공은 나무젓가락으로 테이블을 탁탁 쳤다.

"공님, 그만 꽁알대고 라면이나 마저 들어요."

"내 생각에 그건 태권의 게으름 때문이야."

"그건 또 무슨 소리?"

"태권은 게을러. 흔치 않은 아주 게으른 남자지. 분노하는 것조차 귀찮아할 만큼."

"그거 욕이야?"

갑자기 공이 고개를 가로저었다.

"아니, 내가 태권을 좋아하는 몇 안 되는 이유야. 난 쓸데없이 바지런한 인간을 별로 좋아하지 않아. 그건 인간의 권리 중 하나를 포기하는 거니까."

"무슨 권리?"

"게으를 권리. 게으르게 늘어질 권리. 그건 인간뿐 아니라 모든 생명체가 다 자연스럽게 누려야 할 권리지. 언젠가부터 우리 인간들만 그걸 죄악시하게 되었지만."

대여품 양말

다음 날 출근하니 마침 한 사내가 창고방에서 바지를 갈아입고 있었다. 눈썹이 나 못지않게 짙고 턱까지 수염이 덥수룩해 유인원이 따로 없었다. 허벅지와 정강이에도 구불구불한 털이 수북했다.

"죄송합니다."

"아니야, 괜찮아. 그냥 들어와. 남자끼리 뭐 어때."

그는 팬티 바람으로 선 채 입고 갈 추리닝 바지를 탁탁 털었다.

"팀장은 오늘 회의 있다고 조금 늦게 올 것이고."

"새벽조시죠?"

그는 털이 숭숭 돋은 손으로 사타구니를 긁적였다.

"어, 나도 여기서 일한 지 몇 달밖에 안 됐어. 그런데 일은 진짜 누워 침 뱉기야. 진짜 쉽다고. 지금은 팀장이 피곤하게 굴겠지만 혼자 일해보면 알 거라고."

나는 누워서 떡 먹기라고 정정해주려다 그만두었다. 무언가 여기에서의 일은 누워서 침 뱉기와 더 어울렸다.

"일은 쉬워. 진짜 쉬워. 여자들한테 알랑방귀 뀌는 거보다 더 쉬워. 하긴 그러니까 한 달 월급이 개똥 아니고 닭똥이지. 개똥은 약에나 쓰지 닭똥은 어디에 쓰나?"

그는 뭐가 좋은지 콧노래를 부르며 추리닝 바지를 주섬주섬 다리에 끼웠다.

"그런데 거기는 빚이 얼마야?"

"네?"

"여기서 일하는 놈들 다 망해서 투잡 뛰러 들어오는 거거든. 팀장도 회사에서 정리해고당하고 퇴직금으로 피시방 열었다가 홀랑 날려먹었고. 뭐, 나도 사업 좀 하다 망해서 여기 왔고. 아, 진짜 왕창 긁어모을 때는 내가 이러고 살 줄 꿈에도 몰랐네."

그는 손톱으로 볼에서 턱으로 이어진 거칠거칠한 백발 섞인 수염을 긁어댔다.

"빚은 없는데요."

"그럼, 이 친구 이거…… 여자도 없겠네?"

빚이 없으면 여자도 없다니. 이게 무슨 논리적 연결고리인지 당최 짐작이 가지 않았다. 하여간에 나는 이 유인원이 그리 밉상은 아니었다. 최소한 팀장처럼 사사건건 쪼아댈 사람은 아니었다.

"하여튼 나 바쁘니까 다음에 보자고. 그리고 제발 토끼지 말고 버텨. 교육받다 도망친 인간이 벌써 셋이야. 일할 사람 없으면 나만 그냥 여기서 정신없이 돌아다녀야 한다고. 그러니까 좀 버텨, 젊은 친구. 배꼽 아래 거시기에 딱 힘주고 좀 버티라고!"

유인원의 말은 틀리지 않았다.

교육 이틀째에 접어드니 대충 헬라홀 사우나 매니저 일의 윤곽이 보였다. 일이 몸에 익으니 팀장의 핀잔도 줄어들었다. 물론 내 운동복 정리 솜씨는 여전히 그의 마음에 들지 않는 눈치였다.

"난 도무지 이해가 안 가네요. 어떻게 쌓아놓은 운동복 두께가 각각 다를 수가 있지? 각도도 다 조금씩 어긋나고. 하지만 새벽조도 처음에는 그랬으니까."

"아, 그 눈썹부터 발끝까지 털 많은 분이요?"

"두 사람 다 내 마음에 쏙 들진 않지만 어쩝니까. 세상에 내 마음에 드는 사람 하나 없는 게 사실이니."

하긴 그 성격이면 그러고도 남을 것 같았다.

"그런데 새벽조 분은 무슨 사업하셨다면서요? 한때 잘나갔다고 막 그러시던데?"

"그 사람 망한 사업이 한두 개가 아니라서. 더구나 나라면 그런 사업 안 합니다. 술장사에 도박장에 성인숍에. 착한데 더러워요. 내 기준에 맞지 않지만 그런 사람이 있더라고요. 선하고 더티해. 좋은 사람이지만 믿을 만한 사람은 못 됩니다."

교육 사흘째에 접어들자 이제는 헬라홀 남자 사우나 안의 흐름이 보였다. 낮에는 대개 한때 잘나갔으나 지금은 뒷방 늙은이 신세인 노인들이 어슬렁대는 시간이었다. 대략 오전 10시부터 오후 3시까지가 헬라홀이 노인들의 나라가 되는 타임이었다. 팀장 말에 따르면 오픈 시간부터 오전 9시까지는 출근하는 중장년 회원님들이 모여드는 시간이라 했다. 그리고 오후 4시쯤에는 헬라홀 타워 근처에서 일하는 의사나 전문직 종사자, 사업가 들이 짬을 내 들렀다. 이후 퇴근 시간 무렵에 다시 중장년의 남자들이 우르르 몰려들었다. 그리고 그때 운동하러 오는 남자들과 씻으러 내려오는 남자들의 시간이 겹치면서 헬라홀 남자 사우나는 정신없이 돌아갔다. 그러다가 저녁식사 시간이면 다시 한가해졌다.

그 시간에 맞춰 우리들이 할 일은 파우더룸 구석에서 스킨과 로션 채우기였다. 나는 팀장이 가르쳐준 대로 로션 병의 뚜껑을 따고 반절 남은 로션 두 개를 하나로 합쳤다. 파우더룸에 있던, 가슴근육 빵빵하고 아랫배가 납작한 대학생 또래 남자가 힐끔 우리를 보고는 로커룸으로 향했다.

"저런 애들은 겨울방학 때라 잠깐 나타나는 거죠. 방학 지나면 싹 빠집니다."

"애들이 공부하느라 방학 때밖에 시간이 없나보죠?"

"아니, 여기 다니는 회원님들은 애들을 중고등학교 때부터 해외로 유학 보내니까요. 여기 오는 10대 후반에서 20대 초반 애들은 거의 다 유학생이라고 보면 됩니다. 방학 때 잠시 들어와 부모님의 헬라홀 쿠폰을 이용해 여기서 몸 만드는 거죠."

팀장은 바닥만 남은 로션 병과 가득 채운 로션 병을 교체하고는 말을 이었다.

"열심히 근육이라도 만들어놔야 외국 애들한테 안 꿀리겠지. 하여간에 저런 애들 때문에 우리만 고생이에요. 운동복하고 수건이 부족한 게 쟤네들 때문이라니까. 갑자기 사람이 늘어나니 감당이 안 되지."

그는 내 속도가 느려 답답했는지 파우더룸의 벽시계를 보다 서둘러 나머지 로션을 채워 넣기 시작했다.

사실 내 예상이 빗나간 게 하나 있었다. 겉보기와 달리 헬라홀 안은 자본주의의 꽃동산은 아니었다. 대한민국 1퍼센트의 남자들이 자연재해 피해자인 양 허겁지겁 운동복과 양말을 집어 드는 광경을 구경할 수 있는 곳일 따름이었다. 그마저도 셔츠는 목이 늘어난 것이고, 반바지는 허리 밴드가 헐렁했으며, 양말 바닥에는 매직으로 커다랗게 대여품이라 쓰여 있었다. 그런 걸 입고 신은 차림새면 삼성 이재용도 거지처럼 보이기 알맞았다. 그래서 그들은 그나마 덜 낡은 걸 찾아 헤매느라 눈에 불을 켜고 로커룸을 뒤지는 것이고, 그러니 아무리 수납공간을 잘 정리해도 채 10분이 지나지 않아 엉망이 되었다.

운동복과 양말이 떨어지면 우리는 카트를 끌고 재빠르게 지하 3층까지 내려갔다 와야 했다. 막 세탁과 건조를 끝낸 것들을 다시 공급해야 하니까. 하지만 어쩌다 가끔은 건조가 덜 되어 장마철의 빨래처럼 축축한 옷을 싣고 올 때도 있었다.

별수 있나. 아무리 잘난 남자들이라도 입기는 입어야지.

"그런데 팀장님, 옷과 양말이 너무 부족하지 않아요? 수건도 그렇고요."

"거기에는 두 가지 이유가 있습니다."

팀장이 파우더룸이 텅 빈 걸 확인하고 내게 낮은 목소리로 헬라홀의 사정을 들려주었다. 물론 그사이에도 로션과 스킨을 채워 넣는 재빠른 움직임은 멈추지 않았다.

"실은 작년부터 본격적으로 회원들의 탈퇴가 늘어나고 있어요. 주변에 시설 좋은 피트니스들이 많이 생겼거든. 여기는 생긴 지 10년이 넘었지만 시설이 그대로야. 그때나 지금이나 달라진 게 거의 없습니다. 세탁물 내리다 봤겠지만 헬스장 수준이 동네 아파트 헬스장하고 큰 차이가 없어. 그나마 수영장 있고 골프연습장 넓고 한 게 자랑할 만한 거지. 그러니 골프, 수영 안 하는 회원님들은 술술 빠져나가죠. 사람만 빠져나가나? 돈도 빠져나가지. 저기, 로션하고 스킨 이거로 교체해놓고 와요."

내가 텅 빈 화장품 병들을 들고 오자 팀장은 그걸 작은 박스에 집어넣고 휴게실 쪽으로 움직였다.

"알다시피 여기 보증금이 대략 3~4천쯤이거든. 멤버십이라 가족회원권도 없어. 부부가 와도 각자 3천 내야 해요. 탈퇴하면 보통 부부가 한꺼번에 하니 동시에 큰돈이 쑥쑥 빠져나가는 거지. 그러니 위에서 양말하고 운동복, 수건 공급량을 줄여버린 거야. 공급이 주니 물자가 줄죠. 그런데 어차피 헬라홀 그만두는 분들은 원래 거의 안 오는 분들이라고. 여기서 늘 마주치는 어르신들은 매일매일 지치지도 않고 출근하시는 분들이에요. 그러니 물량이 딸릴 수밖에."

우리는 함께 로커룸을 지나쳤다. 그곳에서 몇몇 회원님들이 옷을 갈아입고 있었다.

"그렇다고 그렇게 수건하고 양말하고 그런 게 빨리빨리 없어져요? 한 달 만에 닳아서 없어지는 것도 아닐 텐데?"

팀장은 아무 대답도 하지 않았다. 창고방에 들어오고 나서야 그는 입을 열었다.

"태권 씨, 양말에 왜 대여품이라고 썼는지 알아요?"

"모르겠는데요."

"사실 여탕과 남탕 모두 양말 도둑 천지죠. 양말을 제일 많이 훔쳐 가요. 그래서 나는 여기 입사하자마자 매직으로 대여품이라고 쓰고 있습니다. 양심에 좀 찔리시라고. 특히 새걸 깔아놓으면 절반은 사라진다고 보면 됩니다. 여기서 주는 양말 같은 거 저분들이 야외에 골프 치러 나가서 한두 번 쓰고 버리고 오기 딱 좋거든."

"이야, 우리가 회원님이자 도둑님을 모시고 있는 거군요?"

내 농담에 팀장이 화를 낼 거라 생각했다. 하지만 창고방이라 그런지 그는 히죽히죽 웃었다.

"뭐, 아껴야 잘산다는 말을 몸소 실천하는 거 아니겠어요. 어쨌든 이런 소소한 물건까지 훔쳐 가서 잘살잖아."

그러더니 그는 박스 안에서 면봉 두 통을 꺼냈다.

"아까 어떤 영감님은 면봉 한 뭉치 훔쳐 가시다 저한테 들켰습니다."

"어쩌셨어요?"

"눈이 마주치는 순간 내가 피했죠. 병이 갑에게 감히 어떻게 도둑이라 말해?"

팀장은 그러더니 갑자기 진중한 목소리로 말했다.

"그래서 난 소설은 안 읽어요."

"소설이요?"

뜬금없이 벌거벗은 사내들만 돌아다니는 곳에서 웬 문학인가 싶었다.

"소설가한테 이런 말 하는 게 좀 웃기지만 소설이라는 거 너무 아름답기만 하잖아요. 현실은 이렇게 우스꽝스럽고 멍청한데. 별로 아름답지도 않고. 그래서 난 소설 같은 거 안 읽는다고."

"한 번도 안 읽으셨어요?"

팀장은 잠시 머뭇거렸다.

"그런 건 봤지. 교과서에 나오는 것들.「소나기」나, 돈 대신 버찌 씨 내민 아이한테 사탕 주는 가게 주인 이야기 같은 거."

"「이해의 선물」이요? 사탕 주고 2센트 거슬러주죠."

"그게 무슨 말도 안 되는 동화야. 나 같으면 버찌씨 버리라고 하고 대뜸 쫓아냈을 텐데. 그래야 아이가 정신을 번쩍 차리지."

나는 사뭇 진지한 목소리로 팀장에게 말했다.

"그게요, 실은 그럴 수도 있다고요. 그 가게 주인은 꼬마를 물질

만능주의에 젖게 하려는 수작을 부린 거죠. 너 이제부터 돈맛을 좀 알아야 한다, 이런 의미에서 2센트를 준 거죠. 그 가게 주인이 실은 달콤한 사탕으로 어린이를 타락시킨 자본가의 전형이라 이 겁니다. 그래서 그 소설 제목이 이해타산을 뜻하는 이해의 선물인 거죠."

팀장이 면봉 두 통을 양손에 든 채 혀를 끌끌 찼다.

"태권 씨는 이상해. 난 소설가들이 고상한 사람들이 아니라 나 사 빠진 사람들이라는 거 태권 씨 보고 처음 알았네. 옷 정리하는 거하고 아주 비슷하네요. 하여튼 난 이제 이 면봉 파우더룸에 갖 다 놓을 테니까 태권 씨는 얼른 세탁실에 갔다 오세요. 회원님들 들이닥치기 전에 옷이랑 양말 더 갖다 놔야 할 것 같으니까. 그리 고 이제 이렇게 몇 번만 더 왔다 갔다 하면 훈련 끝입니다."

그날 밤 나는 소설가에서 헬라홀 남자 사우나의 사우나 매니저 라는 새로운 직업 세계에 완벽하게 착지했다. 놀라우리만큼 시시 하고 우아함이라고는 눈곱만큼도 없이.

게으를 권리

지구상에 이보다 더 한가하고 여유로운 곳이 세상에 있을까? 헬라홀 남자 사우나 안은 양말과 수건, 운동복이 모자랄 때만 빼고 지구상 어느 곳보다도 평화로웠다. 특히 남자 사우나는 여자 사우나처럼 수다와 뒷말과 신경질적인 말싸움이 오가는 정쟁 지역이 아니었다. 팀장의 말에 따르면 여자 사우나는 파벌 싸움이 상당하다고 했다. 그곳에서는 오늘의 단짝이 내일의 쌍년이 되는 일이 종종 있었다. 신도시 부촌에서 퍼지고 있는 루머 또한 매일같이 업데이트되고 빠른 속도로 퍼져 나갔다. 누구네 남편이 바람났다는 소문쯤은 흔하디흔한 단신 뉴스였다. 전날 남자 사우나 회원님들 중 한 명이 주식으로 대박을 치면 다음 날에 이미 여자 사우나 회원님들이 모두 알고 있을 정도였다.

반대로 헬라홀 남자 사우나 안에서 홀딱 벗은 1퍼센트 남자들은 늘 조심스러웠다. 각자가 반짝반짝 빛나는 갑들인 이들은 서로 충돌하지 않기 위해 체면을 차리는 게 눈에 보였다. 당연히 사내들 특유의 거친 말싸움이나 완력 다툼 같은 건 없었다. 대신 다른 회원들에 대한 불만이 있으면 우리에게 신경질을 냈다.

"아니, 드라이어로 엉덩이 사이를 말리는 드럽게 몰지각한 사람들이 있어. 가서 항의 좀 하라고. 내가 여기까지 와서 그런 꼴을 봐야겠어? 나보고 그런 드라이어를 쓰라는 거야?"

그렇다고 자기들끼리는 화기애애하게 지내는 것도 아니었다. 우연히 이곳에서 이웃 주민을 만나면 반갑게 인사하고 대화하지만 속 깊은 대화는 거의 나누지 않았다. 기껏해야 건강 아니면 골프, 아니면 맛집 순례 얘기. 더 나아가봤자 주식이나 부동산 투자 정보 정도였다.

대화를 나누는 시간 또한 거의 1분을 안 넘겼다. 심지어 헬라홀의 노인들은 서로 귀가 어두워 뜬구름 같은 선문답을 주고받을 때도 있었다.

"허리는 좀 어떠십니까? 지난번에 수술하셨다면서요."

"……술이요? 술 끊은 지 오래입니다. 요새는 입도 안 댑니다."

"안마, 어디서 안마를 받으셨어요?"

"아이고, 며느리가 좀 챙겨 줬어요. 얼마 안 받았어요."

"네, 그러셨어요. 그럼 먼저 갑니다."

물론 가끔 이곳이 진정 딴 나라구나 싶은 대화도 오갔다.

"나 대학 괜히 샀어."

"그걸 왜 샀어. 귀찮아 그거. 교수들도 말 안 듣고, 학생들도 말 안 듣고, 쓸어버릴 수도 없어."

"어디다가 팔 곳도 없어, 대학은."

"그러게 중고등학교가 최고라니까. 마음도 편해. 가지고만 있으면."

"아이고, 얼마나 좋아. 중고등학교 같이 있는 재단 이사장 하다 아들한테 물려주고. 진짜 부러워."

하지만 대개의 1퍼센트 남자들은 이곳에서 조용히들 움직였다.

회원님들의 중요한 대화는 헬라홀 밖 누군가와 전화 통화로 이루어졌다. 그들은 스마트폰 너머 목소리만 겨우 들리는 이들에게 낮은 목소리로 지시를 내리거나 대뜸 화를 냈다. 가끔은 웃음 섞인 목소리로 나긋나긋하게 약속 장소를 잡았다. 그렇지 않을 때 헬라홀의 회원님들은 헬라홀 안에서 젖은 빨래들처럼 축 늘어져 있었다.

그럴 때면 그 남자들은 꼭 이빨 빠진 호랑이들 같았다. 이가 없으면 잇몸으로 씹는다고? 그렇더라도 이빨 없는 호랑이 따위 그리 무서울 게 없었다. 그리고 실제로도 이곳의 1퍼센트 남자들은 이빨이 없는 경우가 많았다. 그건 회원님들 중 노인이 많다는 의미만은 아니었다.

이곳에 드나드는 남자들의 두피 속 비밀은 물론 일상사까지 속속들이 알고 있는 이발소 사장님은 어느 날인가 내게 이곳 상류층 회원님들만의 특성을 알려주었다. 1퍼센트의 재력은 갖추었지만 자식들에게 많이 뜯기고 한때 몸담았던 권력에서는 이미 멀어진 노인들, 재력은 그럭저럭 1퍼센트에 가깝지만 권력의 세계에 아쉽게 발을 디디지 못해 쓴 입맛 다시는 중년의 사내들이 많이 드나드는 곳이 헬라홀이라고.

하긴 진짜 진성 1퍼센트 남자라면 적어도 차움 피트니스나 하얏트 호텔 피트니스 멤버십쯤은 가지고 있어야겠지. 그러니까 헬라홀은 반쪽짜리 1퍼센트 남자들이 모여 있는 곳인 셈이었다. 혹은 지구과학적 비유법으로 풀어보자면 1퍼센트의 얄팍한 상류층의 지각과 그보다 훨씬 두꺼운 부유층 맨틀 사이에서 희미한 자리를 차지하는 모호로비치치불연속면 계층인 셈이었다.

헬라홀의 회원님들에 대한 지구과학적 비유를 공에게 들려주자 그녀는 곰곰이 생각하다 이리 대답했다.

"아, 태권이 사우나 매니저로 일하는 헬라홀이 구제 명품숍 같은 데구나."

"그건 또 무슨 소리?"

"백화점 명품관 아니고 이미 한물간 구제 명품 파는 가게. 태권, 그런 곳에서는 절대 기죽을 필요가 없는 거거든."

어느덧 설 연휴를 하루 앞둔 날이 찾아왔다. 그날도 어김없이 나는 휴게실에 있는 스테이션 의자에 앉아 거품타월을 접었다. 책상 위에 수북하게 쌓여 있는 거품타월은 접고 또 접어도 끝이 없었다. 샤워할 때 비누칠해 쓰는 하늘색 거품타월은 닳고 닳아 까슬까슬하고 얇았다. 은근히 도둑놈 기질이 있는 회원님들도 차마 훔쳐 가지 않는 유일한 물건이 이 거품타월이었다. 팀장이 각 잡는 일을 포기한 유일한 물건도 바로 이놈들이었다. 워낙에 많이 재활용된 탓에 보풀도 많고 푸석거리고 이리저리 비틀려버렸으니까.

이 거품타월을 접는 일이 힘들지는 않았다. 다만 올라오는 양이 엄청나게 많아 엄청나게 지루할 따름이었다. 비록 거품타월을 접고 있지는 않지만 휴게실 소파에 앉아 있는 회원님들 또한 나만큼이나 지루해 보였다. 그들은 사우나 가운을 입거나 윗옷은 입고 아랫도리는 덜렁 내놓은 채 의자에 기대어 텔레비전 속 금발의 골퍼만 무심하게 바라보았다.

이곳에서 채널은 대개 골프 방송 아니면 종편 뉴스였다. 팀장 말에 따르면 이곳 회원님의 90퍼센트는 보수정당을 지지한다고 했다. 그런 까닭에 보수정당의 지지율이 올라갈 때면 대개 채널은 종편 뉴스에 맞춰져 있었다. 보수정당이 삽질하거나 대통령의 측근 비리가 드러나면 채널은 골프 쪽으로 돌아갔다.

거품타월을 접으며 헬라홀 회원님들의 무료한 모습을 보던 나는 점점 기분이 이상해졌다. 그 순간 늘 좀생이라 생각했던 나의 아버지가 떠올라서였다.

아버지는 베란다에서 화초를 가꾸고 교훈담을 읽으며 그래도 자신의 삶이 괜찮다고 생각하는 장년의 사내였다. 그리고 아버지 또한 이곳의 회원님들처럼 보수정당을 지지했다. 하지만 아버지와 달리 이곳의 남자들은 골프 방송을 보며 무료함을 핥고 있었다. 아버지가 경멸하던 그 무료함 말이다. 그 무료함을 즐길 수 있는 남자들이 모여 있는 곳이 이 헬라홀이었다. 인간의 게으를 권리를 당당히 드러내는 장소가 여기였다. 게으른 거, 그거 지금 이 시대에는 아무나 못 하는 거구나 싶었다.

소파에 앉아 있는 1퍼센트의 키 작은 중년 남자가 자리에서 일어나 내 앞에 섰다. 1퍼센트의 타이거마스크처럼 미간을 잔뜩 찌푸린 얼굴이었다.

"저 소리 안 들려요? 가서 좀 깨우세요. 어떻게 여기서 코를 골아? 그것도 10분 넘게. 여기 지금 혼자 쓰는 장소야. 아니잖아?"

뚱뚱한 노인 하나가 소파에 몸을 기대어 쌕쌕거리는 숨소리를 내며 자고 있었다.

갑의 위치에 있는 헬라홀 회원님들은 직접 코를 풀지 않았다. 콧물을 빼주는 건 우리들 병의 몫이었다. 나는 의자에서 일어나 휴게실 소파에서 코를 골고 있는 큰 바위 얼굴 노인의 어깨에 슬며시 손을 얹었다. 그리고 흔들었다. 1퍼센트의 남자에서 모두에게 피해를 주는 1퍼센트의 소음으로 전락한 회원님을 정리하기 위해서.

"회원님, 피곤하시죠? 내일 설인데 혹시 집안에 바쁜 일은 없으세요? 너무 오래 주무시는 것 같아서 걱정돼 깨웠습니다."

물론 내 친절한 말을 두 글자로 요약하면 '꺼져'였다.

주말이 겹쳐 설 연휴는 닷새였다. 헬라홀은 명절 연휴 동안 회원님들이 몰릴 것을 대비해 명절 당일과 원래 휴무일인 일요일만 문을 닫았다. 나머지 날에는 저녁 6시까지만 단축 영업을 실시하기로 결정했다. 세 명의 사우나 매니저들은 돌아가면서 하루씩 남자 사우나에서 업무를 보기로 했다. 나는 토요일 근무 당번이었다. 그런 까닭에 연휴 첫날 일찌감치 의정부로 향했다. 고백의 말을 속으로 곱씹고 또 곱씹으면서.

단출한 가족인 우리 집의 명절 분위기는 언제나 그렇듯 심심했다. 할아버지와 할머니가 혈혈단신 북에서 내려와 의정부에 정착한 피란민이라 친가 쪽 친척은 없었다. 그래서 명절 당일 오후에 차로 두 시간쯤 걸리는 외갓집까지 내가 아버지 차로 어머니를 모시고 가는 일 정도가 명절 행사였다. 아버지는 명절 때 처갓집에 안 간 지가 거의 10년째였다. 아버지는 수다스러운 외가 사람들과 잘 어울리지를 못했다.

집에 도착하자마자 새로 취직한 직장에 대해 털어놓고 싶었으나 쉽게 말문이 터지지 않았다. 헬라홀이라는 말이 혀끝에서 해롱해롱 맴돌다가 침과 함께 꼴깍 목구멍으로 넘어갔다.

그 순간에 확실히 깨달았다. 내 안에 꾹꾹 눌러놓은 부끄러움이 있다는 것을. 아니, 원래부터 알고 있었다. 차마 배운 지식인으로서 그 생각을 의식의 표면으로 둥실 띄울 수가 없었던 거지.

아니라고 부정하고 부정해도 나는 이 일이 남자로서 창피했다. 소설가였을 때는 돈을 못 벌어도 창피하지는 않았다. 하지만 지금은 꼬박꼬박 월급을 받는데도 듬직한 내 어깨가 무언가 부끄럽게 여겨졌다. 고추밭에 웅크리고 앉아 잡초를 뽑는 부끄러운 고추의 심정이랄까?

결국 그날 저녁을 먹은 후에 어머니가 설거지를 하는 동안 슬며시 소파에 앉은 아버지 옆에 다가갔다. 아버지는 싫다 좋다 표정 없이 믹스커피 한 잔을 마시며 텔레비전을 보았다.

"아버지 저⋯⋯."

아버지는 넌지시 고개를 돌려 나를 보았다. 그때 나는 50대 중반을 넘어 회갑이 가까워오는 어중간한 공무원의 눈동자를 가까이에서 처음 보았다. 흐리고 탁하고 쓸쓸했다. 나는 그 눈을 피하고 싶어 절로 고개를 숙이고 말끝을 흐렸다.

"저기 사우나⋯⋯."

아버지가 침을 꼴깍 삼키는 동안 나는 어떻게 말을 꺼내야 하나 고민했다. 하지만 아버지가 내 말을 다 알아들었다는 듯 고개를 끄덕였다.

"사우나? 목욕 가자고? 별일이다. 가자, 그러잖아도 오늘 아침에 목욕 가려다 말았는데."

그렇게 나는 초등학교 때 이후 처음으로 아버지와 목욕탕에 갔다. 명절 전날의 목욕탕 안은 사람들로 미어터져 자리를 잡기도 힘들었다. 탕에는 때가 둥둥 떠다니고 있었지만, 나와 아버지는 한참을 말없이 탕 안에 앉아 있었다.

교육 기간까지 합쳐 남자 사우나에서 일한 지 거의 일주일이었지만 탕에 들어가본 적은 없었다. 히노끼탕, 열탕, 냉탕, 아이템탕까지 있었지만 우리에게 그곳은 출입금지 구역이었다. 우리에게 허용된 곳은 서서 씻는 샤워대가 전부였다. 팀장은 그것도 가장 구석자리 눈에 띄지 않는 곳에서 빨리 씻으라고 했다. 상황이 그렇다 보니 어이없게도 뜨듯한 탕 안에 들어앉아 있는 것이 무언가 대단한 호사처럼 여겨졌다.

하지만 눈을 감고 편안하게 온탕을 즐길 수도 없었다. 동네 목욕탕은 내가 일하는 헬라홀 남자 사우나와는 전혀 다른 세상이었다. 조막만 한 아이들이 소리 지르며 목욕탕 끝에서 끝으로 뛰어다녔다. 젊은 아버지들은 그런 애들을 붙잡아 억지로 씻기느라 난리였다. 그러면 또 아이들은 엉엉 울고 난리도 아니었다. 화를 참지 못하고 버럭 소리를 지르는 젊은 아버지들 중 몇몇은 나와 비슷한 또래인 것 같기도 했다.

탕에서 나온 나와 아버지는 자리에 앉아 서로를 보지 않고 묵묵히 때만 밀었다.

"등 밀어드려요?"

나는 퉁명스럽게 아버지에게 말을 붙였다. 헬라홀의 노인들에게는 어느새 친절하게 안녕하세요, 라고 말하는 것이 입버릇이 되었지만 정작 아버지에게는 그게 안 됐다. 당연한 일이었다. 어렸을 때부터 주변머리 없는 녀석이라고 핀잔만 들었으니 정이 싹틀 리가 없지.

"아니 됐다. 네가 때나 제대로 밀 줄 알겠냐?"

그러더니 아버지는 내 어깨를 툭 쳤다.

60

"너나 돌아앉아라."

나는 멋쩍게 아버지에게 등을 대고 돌아앉았다. 그리고 생각하는 사람 동상처럼 턱을 괴었다.

아직 고백하기에 제대로 된 타이밍을 잡지 못했다. 처음에는 폭탄선언으로 아버지가 놀라는 모습을 보고 싶었으나 정작 얼굴을 마주하니 그게 안 됐다. 자그마한 고추를 달고 다니는 다섯 살짜리 아들을 데려오는 젊은 아빠들 중 먼 훗날 내 새끼가 목욕탕에서 땀 뻘뻘 흘리며 일하게 될 거라 상상하는 이가 얼마나 될까?

그렇게 생각하니 열심히 내 등을 미는 아버지가 조금은 안쓰럽게 여겨졌다. 아니, 그럴 뻔했지만 그러기엔 등이 너무 아팠다.

"아, 씨발 그만 좀 벅벅 밀어요. 너무 아프잖아요."

"이런, 이놈이 말버릇하곤. 이 때 좀 봐라."

아버지가 불쑥 때 묻은 때수건을 내 얼굴에 들이밀었다.

"어렸을 때부터 그렇게 씻기를 싫어하더니. 도대체 목욕탕에는 몇 번이나 가냐? 1년에 한 번은 가냐?"

"아니, 매일 갑니다. 매일 가요. 거기서 아버지보다 잘난 영감탱이들 시중듭니다."

때수건을 손에 낀 채 아버지가 두 눈을 껌뻑거렸다. 때수건에 묻은 굵직한 덩어리들이 미처 내뱉지 못한 욕설처럼 느껴졌다.

에이, 씨발, 좆같잖아.

목욕탕에서 돌아오는 길에도 아버지는 별말이 없었다. 우리는 설날 전날의 차가운 겨울바람을 맞으며 그저 걷기만 했다. 하지만 아버지는 아파트 단지 입구 앞에서 잠시 걸음을 멈추더니 헛기침을 했다.

"잘했다."

"뭐가요?"

"네가 한 일 중에 제일 잘한 거야. 몸으로 일하니 얼마나 떳떳하게 돈 버는 일이냐."

나는 괜히 부아가 치밀었다.

"지금까진 제가 뭐 사기 쳐서 돈 벌었어요?"

"허황된 말로 돈 벌고 거짓말로 쓴 글로 돈 벌고. 내가 보기에 그건 땀 흘려 번 돈이 아니야."

"저 옛날에는 그래도 잘나가는 논술 강사였다고요. 대치동에서 오라는 제안까지 받았어요. 그때 신춘문예로 등단하는 바람에 그쪽으로 가지 않아서 그렇지."

아버지는 여전히 내가 탐탁잖은 표정이었다.

"『채근담』에 이런 명언이 있다. 달인은 물욕에서 벗어나 진리를 보고, 죽은 후의 명예를 생각한다. 차라리 한때 적막하게 지낼지 언정 평생 처량하게 보내지는 말아라."

나는 아버지가 왜 뜬금없이 『채근담』의 명언을 인용하는지 이해가 안 갔다.

"내가 남을 가르치려면 물욕에서 벗어나고 진정한 명예를 생각할 줄 아는 달인이 되어야 하는 거야. 그게 진정한 스승이지. 어쭙잖은 스승은 기껏해야 허황된 말로 귀가 얇은 학생들을 현혹시키는 게 전부인 거지."

나는 아버지의 말이 귓구멍에 붓글씨로 쓰는 글씨 같아 무언가 간질간질하기만 했다. 그래서 새끼손가락으로 귀를 후벼 파며 말했다.

"나 참, 그런 사람만 스승이 될 수 있으면 학원 바닥에서 강사 할 수 있는 사람 아무도 없을걸요."

나는 찬바람 부는 허공에 대고 손톱에 낀 귓밥을 후 불어 날렸다.

더구나 내가 신춘문예로 등단하고 학원 강사를 그만둔다고 할 때는 펄펄 뛰던 양반이었다. 그때 일은 까맣게 잊고 진정한 스승 운운이라니.

"하여간에 딱 1년만 적막하게 지내라. 친구한테도 미안하다고 말하고."

"아…… 그럴게요."

아버지가 말하는 친구는 나와 함께 사는 여배우는 아니었다. 그 건 잠시 빈방을 빌려준 가상의 친절한 대학 동창이었다. 나는 차 마 사귀는 여자와 함께 산다는 말을 부모님께 하지 못했다. 그걸 말하는 순간 일이 상당히 복잡해질 게 뻔했기 때문이었다.

"그다음에는 어떻게 할까요?"

"공무원시험 준비해야지. 고생해보면 너도 알게 될 거다. 알아 서 공무원시험 준비하게 될 거다. 이제 겨우 서른 넘은 나이니 아 직 안 늦었다."

그렇게 말하고서 아버지는 앞서 걸어갔다. 바람이 찼다. 나는 점점 작아지는 남자의 뒷모습을 보다 투덜거리며 뒤따라갔다.

그날 밤 자정 무렵 목이 말라 방 밖으로 나왔다가 베란다에서 담배를 피우는 아버지의 뒷모습을 보았다. 아버지는 목을 아래로 푹 꺾고 있었다. 그리고 발로 베란다의 화분들을 툭툭 차고 있었다. 게으를 권리는 생각 않고 열심히 달려온 사내의 초라한 모습에 괜히 착잡해졌다. 더구나 그게 게으를 권리를 풍족하게 누리는 이들을 위해 일하는 아들 탓이라니.

비상사태

의정부에서 명절을 보낸 나는 신도시의 헬라홀로 다시 돌아와야 했다. 토요일 새벽에 출근해 오후 6시까지 혼자 헬라홀 남자 사우나를 도맡아야 했지만 걱정은 없었다. 상류층 남자들답게 다들 연휴에 해외로 떠났을 게 틀림없을 테니까. 하지만 안타깝게도 내 판단은 빗나갔다. 새벽부터 눈 코 뜰 새 없이 회원님들이 밀려왔다. 고칼로리 명절 음식 때문에 늘어난 지방을 어떻게든 줄여야겠다는 악착인지…….

아버지의 뒷모습 때문에 착잡한 마음으로 출근한 나는 우울해할 여유조차 없었다. 운동복은 빠른 속도로 줄지, 구멍 속 세탁물이 구멍 밖으로 빠져나오지, 거기에다 사람들이 많이 몰리는 통에 목욕탕 개수 구멍까지 막혔다. 나는 긴 꼬챙이를 들고 몇 번이나 거기를 들쑤셔야 했다.

"사우나!"

누군가 큰 목소리로 나를 불렀다.

이곳에서 회원님들은 우리를 사우나 매니저로 부르지 않았다. 호칭은 대개 아저씨 아니면 '락카'였다. 아주 뜸하게 매니저로 부르기도 했다. 하지만 특이하게 이 회원님은 나를 사우나라 불렀다.

그 중년의 사내에게 내가 붙인 별명은 '오너'였다. 50대 중반쯤인 오너는 배도 구강 구조도 튀어나온 데다가 입술이 두툼하고 눈은 작아서 오리너구리와 쏙 빼닮은 외모였다. 즉 오너는 오리너구리의 준말이었다. 오너는 남자 사우나 시설은 물론 회원들의 문제점에 대해 일일이 내게 지적하는 귀찮은 존재였다. 샤워기가 엉망이라 물이 사방으로 튀고, 냉탕 온도는 너무 높거나 낮고, 습식사우나에서는 가끔 쥐 썩은 냄새가 나고, 손님들은 에티켓이 엉망이라 파우더룸에서 스프레이를 마구 뿌려대거나 보디로션을 바닥에 찍찍 흘린다고.

오너가 신경질을 낼 때는 그냥 두 손 모으고 들어주면 끝이라고 팀장은 말했다. 분명 그가 모시는 회장님에게 한 소리 들은 날이 틀림없다면서.

사실 오너의 직업은 이곳 회원님들 중 한 명인 사료회사 회장님의 운전기사였다. 그 회사는 소, 돼지, 닭을 위한 사료는 물론 작물을 위한 비료까지 생산하는, 한마디로 사람이 먹는 것만 빼고 모든 먹을거리를 만드는 덩치 큰 기업이었다. 하여튼 이렇게 바쁜

날 사료회사 회장님의 운전기사인 오너에게 또 꼬투리를 잡힐 것을 생각하니 짜증이 치밀었다.

"사우나! 빨리 화장실에 달려가봐. 변기 저거 어쩔 거야?"

하지만 이번엔 꼬투리 아닌 진짜 비상사태였다.

목욕탕 관리와 옷 수납에 신경 쓰느라 화장실을 살피지 못한 게 실수라면 실수였다. 대변기 네 개 중 두 개가 막혀 있었다. 심지어 한 곳에서는 카페라테 빛깔 똥물이 바닥까지 흘러넘쳤다.

구역질을 참으며 변기 두 개를 뚫어뻥으로 뚫자마자 요란하게 전화벨이 울렸다. 스테이션으로 달려가 전화를 받자마자 세탁실 반장님이 고래고래 소리를 질렀다. 왜 세탁물을 제시간에 내려 보내지 않느냐는 거였다. 그 전화를 끊자마자 다시 요란하게 전화벨이 울렸다.

"여기 여자 사우나거든요. 수건 남은 거 있어요? 우리 수건 또 떨어졌어. 수건 남았으면 빨리 갖다 줘요."

여자 사우나에서는 여기보다 두세 배쯤 빨리 수건이 동났다. 하지만 전화를 끊고 보니 남자 사우나에도 수건이 달랑달랑한 상태였다. 나는 다시 여자 사우나에 전화를 걸어 여기도 수건 비상이라고 다급하게 말하고 전화를 끊었다.

"사우나!"

또다시 오너의 외침이었다.

"변기 다 뚫었습니다!"

"그게 아니라 내 옷장 열쇠 좀. 그거 어디다 뒀는지 모르겠네."

나는 재빠르게 목욕탕 안부터 복도 곳곳을 훑었지만 열쇠는 없었다. 내가 이러지도 저러지도 못 하고 있는데 양복을 갖춰 입은 오너가 내 옆을 스윽 지나갔다.

"회원님, 열쇠는요?"

"그거 내가 세면 가방에 넣어두고 잠깐 깜빡했지 뭐야."

그러더니 무안한지 손을 들어 인사까지 했다.

"사우나, 남은 명절 잘 보내."

화를 삭여낼 여유도 없이 재빠르게 세탁물을 수거했다. 그리고 카트를 밀고 헬스장을 지나 텅 빈 구멍으로 세탁물을 넣고 나서야 겨우 숨을 돌렸다. 나는 물끄러미 서서 지하 3층까지 이어진 그 구멍을 바라보았다. 그 깊은 구멍에서는 바람 소리 같고 비명 소리 같은 꾸에에엑 울림이 들려왔다. 한 맺힌 사우나 매니저들의 절규라고 해도 믿을 정도였다.

"구멍아, 너는 이름도 없냐?"

구멍에서는 여전히 꾸에에엑 소리가 들려왔다.

이 구멍은 그저 더러워진 세탁물을 사우나와 헬스장, 골프장에서 받아들여 내려 보내는 기능이 전부인 곳이었다. 그러니까 헬라홀 피트니스의 똥구멍과 연결된 일종의 통로 같은 곳이었다, 여기는. 문득 나는 이 구멍에 이름을 붙여주고 싶었다. 헬라홀의 회장 빼고는 아무도 그 어원을 알 수 없는 그 이름.

"헬라홀……."

내가 그 이름 없는 구멍에 이름을 붙여주자 헬라홀은 내게 헬라홀로 다가왔다.

"헬라홀, 정말 오늘 졸라 헬스럽게 바쁘다."

물론 헬라홀은 여전히 꾸에에엑이 전부였다.

하지만 나는 헬라홀 앞에서 오래 쉴 여유가 없었다. 서둘러 카트를 끌고 화물 엘리베이터로 달려갔다. 세탁실에서 직접 수건과 옷, 양말을 가져와야 하니까.

다행히 정신 사나운 하루는 해가 지기 전에 끝났다. 마감 시간은 정확히 저녁 6시였다. 5시쯤 회원님들이 또 밀려들었지만 끄떡없었다. 나는 여유롭게 수건 한 뭉치를 여자 사우나에 넘겨주기까지 했다.

남아 있는 수건 한 뭉치는 목욕탕 출구 앞 수납장에 넉넉하게 넣어두었다. 마음이 든든했다. 그리고 점심때부터 한 번도 개지 못해 산더미처럼 쌓인 거품타월을 접었다. 혼자 남자 사우나를 관리하느라 급하게 바나나 하나와 컵라면 하나만 먹어 허기가 졌다. 나는 퇴근하자마자 햄버거를 먹느냐 짜장면을 먹느냐, 하는 본능적인 고민에 빠진 채 손을 움직였다.

그사이에도 회원님들은 파우더룸을, 휴게실을, 로커룸으로 이어진 복도를 정신없이 오갔다. 거품타월을 접는, 이 공간의 유일한 병인 나의 시간만 느리게 흐르는 기분이었다. 홍콩 영화 〈중경삼림〉의 한 컷 같은 순간이었다. 하지만 나는 경찰복을 입고서 천천히 커피를 마시는 양조위가 아니었다. 나는 너덜너덜한 작업복 차림으로 너덜너덜한 거품타월을 접었다. 그리고 그 틈새로 명절의 기억 하나가 턱하니 치고 들어왔다.

아버지에게 사실을 털어놓은 다음 날 나는 외갓집으로 향하는 차 안에서 어머니에게도 내 새로운 직업에 대해 털어놓았다. 결혼 전 유치원 보육교사를 하며 미취학아동의 콧물, 눈물, 비명이 범벅된 난동에 단련된 어머니는 모든 일에 담담한 성격이었다. 하지만 그런 어머니가 그날은 눈시울을 붉히며 외가 쪽 식구들 중 누가 물으면 그냥 신도시에 있는 논술학원에 취업했다고 하면 안 되겠느냐고 말했다.

논술학원 강사가 대학 나온 자식의 직업 중 최후의 보루가 되나 생각하며 나른하게 거품타월을 접는데, 스테이션 책상 위에 올려둔 스마트폰에 카톡 메시지가 떴다.

—사람 엄청나지?

연휴 첫날 당번이었던 유인원 아저씨였다.

—난리죠. 와, 카톡도 하세요?

—응, 그런데 글 쓴다면서?

—네.

—나도 옛날에는 연애편지 전문.

그때쯤 슬슬 일어나서 마지막 세탁물 수거를 할 타이밍이었다. 하지만 유인원 아저씨는 계속해서 메시지를 보냈다.

—글 쓰는 사람 이해심 넓겠지?

—뭐 그럴 수도.

메시지는 계속해서 날아왔다.

―나 사랑하는 사람 있음.

― 유부 아니셨어요?

― 그쪽도 유부. 연휴 내내 둘이 꼭 껴안고 확인. 몸으로 마음.

그때 목욕탕에서 뭔가 쿵 떨어지는 소리가 스테이션까지 들려왔다.

나는 스마트폰을 스테이션 책상 위에 던져두고 서둘러 목욕탕으로 달려갔다. 샤워부스 앞에 머리가 벗겨진 노인이 쓰러져 있었다. 회원님들이 그 주위를 빙 둘러싸고 서로 갑론을박 중이었다. 깨우자, 두자, 절대 건드리면 안 된다. 하지만 정신을 잃은 사람을 처음 본 내 머릿속은 전두엽이 얼어붙은 것만 같았다.

그때 나를 본 회원님 한 명이 호통을 쳤다.

"뭐 해, 이 사람아! 빨리 119 불러야지."

서둘러 나가려는데 다른 회원님 한 명이 내 팔목을 붙잡았다.

"우선 깨워야지. 저러다 황천 가는 수가 있어."

내가 어쩔 줄 몰라 하는 사이 다행히 노인이 눈을 떴다. 그는 미간을 찌푸리다 몸을 일으키려 했다. 회원님들이 우르르 다가와 그대로 누워 있으라면서 다시 노인을 눕혔다.

"왜 그래요? 나 쓰러졌어요?"

오히려 노인이 어리둥절해했다.

그때 벌거벗은 슬림한 근육질의 남자가 목욕탕으로 들어왔다. 90년대 초반 〈Vogue〉를 부르던 마돈나처럼 염색한 금발에 물결 머리 파마를 한 수영 강사였다.

"매니저님, 수건 세 장만 부탁드려요."

내가 수건을 가져오자 수영 강사는 누워 있는 노인을 앉히고는 수건 세 장을 어깨에 둘러주었다.

"자, 아버님. 왼손가락 다섯 개 오른손가락 다섯 개 굽혔다 폈다. 옳지 잘한다. 아무 이상 없으세요. 이제 일어나셔도 괜찮아요."

수영 강사는 노인을 부축해서 목욕탕 밖으로 데리고 나갔다. 나는 바닥에 떨어진 노인의 안경을 주워 쫓아 나갔다.

"119 부를까요?"

나는 휴게실 의자에 노인을 앉힌 수영 강사에게 다급히 물었다. 수영 강사는 고개를 내저었다. 그는 파우더룸 쪽으로 다시 돌아가며 우아한 손짓으로 나를 불렀다.

"별일 없을 거예요. 그냥 잠깐 졸도. 노인네가 사우나에서 악을 쓰고 버티다가 힘 빠진 거지."

수영 강사는 담담하게 하지만 내 귀에만 들리게 나직하게 속삭이고는 목욕탕으로 사라졌다.

나는 파우더룸의 시계를 바라보았다. 5시 50분. 마감까지 남은 시간은 이제 딱 10분이었다.

나는 스테이션 책상 앞에 돌아와 한숨을 내쉬고 의자에 앉았다. 그리고 유인원 아저씨가 보낸 여러 개의 카톡 메시지를 그제야 확인했다. 마지막 메시지는 이 사랑이 자기 생의 마지막 사랑이니 이 사랑을 위해 모든 걸 포기해도 괜찮을까, 라는 질문이었다. 방금 생과 사의 갈림길에서 빠져나온 노인과 마주한 나는 간단하게 답장을 보냈다.

　─한 번 사는 인생 마음대로 사세요.

　그때 또다시 파우더룸 방향에서 비명 소리가 들려왔다.

　나는 의자를 박차고 일어나 서둘러 파우더룸으로 향했다.

　목욕탕 출구 앞에서 노인 한 사람이 겁에 질린 얼굴로 나를 쳐다보았다.

　"수건이 없어. 한 장도 없어. 이렇게 일해도 돼! 이렇게 일해도 되는 거야, 여기!"

　세탁실로 달려가기엔 너무 시간이 없었다.

　나는 서둘러 여자 사우나에 전화를 넣었다.

　"우리도 없어요. 그래도 다섯 장 정도는 빼줄게요."

　비상사태의 마지막이 겨우 정리되는 순간이었다. 물기를 닦을 때 똥꼬와 얼굴 각각 다른 수건을 쓰는 사람을 고려해도, 수건 다섯 장이면 최소 벌거벗은 회원님 셋은 구해낼 수 있는 양이었다. 그리고 목욕탕 안에 남아 있는 회원님 수는 마침 출입구 앞에서 절규하는 노인 포함 딱 셋이었다.

　퇴근하는 길에 나는 팀장에게 전화를 걸었다. 신입인 나를 믿지 못하는 그가 퇴근하자마자 바로 전화를 넣으라고 연휴 전에 명령했기 때문이다. 전화를 두 번이나 걸었는데 계속 통화 중이었다. 10분쯤 지나 버스 정류장에서 버스를 기다리는데 팀장에게 전화가 걸려왔다.

"태권 씨, 비상사태예요. 오전 근무자가 그만뒀어요. 오늘 밤에 이 도시를 뜬대. 이유는 태권 씨에게 물어보라고만 하네. 도대체 무슨 일입니까? 그 인간 완전 미친 거 아니야?"

사우나 사나이

첫 월급을 타자마자 나는 자전거 한 대를 샀다. 그리고 늦은 밤 퇴근할 때면 그 거대한 '짬짜면' 건물을 탈출해 힘껏 페달을 밟았다. 찬바람이 씽씽 불건, 뿌연 미세먼지가 대기 중에 가득하건 상관없이 바깥 공기를 쐬는 것만으로 숨이 트이는 것 같았다.

유인원이 사라진 뒤로 팀장이 퇴근하면 오후 2시부터 밤 10시까지 나는 홀로 헬라홀 남자 사우나를 책임져야 했다. 바깥으로는 한 발자국도 빠져나갈 수 없고 식사는 김밥이나 만두, 빵으로 때웠다. 감옥살이도 그런 감옥살이가 없었다.

금방 새로운 근무자가 들어올 거란 팀장의 말과 달리 보름이 지나도 전화 문의만 올 뿐 면접 보러 오는 사람 하나 없었다. 그 사이 나는 어느새 소설가 스타일에서 사우나 스타일로 변한 지 오래였다.

걸음걸이는 팀장처럼 빨라진 지 오래였다. 세탁물을 수거하기까지 걸리는 시간은 처음보다 반으로 줄어들었다. 물론 팀장이 없으니 비눗물이 튀건 말건 상관없이 후다닥 목욕탕의 젖은 수건과 거품타월을 걷어서 그렇기도 했다. 운동복과 바지를 수납장에 쌓다가도 바닥의 물기를 발견하면 재빠르게 양말로 닦아냈다. 다행히 상황이 상황이라서 내 운동복 정돈 솜씨가 엉망이라도 팀장은 아무 말도 하지 않았다.

팀장과 내가 만나는 시간은 하루에 고작 10여 분이었다. 내가 출근하면 팀장은 퇴근 준비에 바빴다. 그런 팀장을 붙잡고 오늘은 지원자가 없느냐고 간절히 묻는 것 또한 새로운 내 일상 중 하나였다.

"오늘도 마땅한 사람이 없다고요? 아니, 그때 그 어르신한테 연락을 해보시지 그래요. 요즘은 환갑 넘어도 다 청춘이잖아요."

"이력서 보낸 분은 환갑이 아니라 칠순이었어요. 게다가 이제 여기 회원님들이 우리처럼 젊은 남자들에게 수발받는 데 익숙해져서……."

"조선족 남자들은 어때요?"

"회원님들이 정말 싫어하세요. 예전에 한 번 채용했다가 항의 때문에 어쩔 수 없이 내보냈답니다. 사회주의 국가에서 살다 와서 그랬나. 눈치 없이 회원님들께 말을 많이 걸었대요. 회원님들은 그 특유의 말투도 싫어하고요. 하지만 사실 그냥 싫은 거겠죠. 여기는 평범한 남자들이 오는 데가 아니라 1퍼센트를 위한 곳이니까."

그는 늘 강조했다. 그런 까다로운 조건이라서 여기서 일할 만한 사람 찾기가 쉽지 않다고. 더구나 월급도 짜고 여탕에서 일하는 것도 아닌데 마음 바쳐 여기서 일할 사람이 나타날 리 없다면서.

"아이고, 얼마나 대단한 사람을 기다리시는데요?"

"사실 너무 잘난 사람도 피곤합니다."

"솔직히 잘난 사람들이 여기서 일하겠어요?"

팀장이 한숨을 내쉬었다.

"하나 있었어요. 별 셋이라고."

"장교예요?"

"아니, 삼성 임원이었다가 명퇴한 양반. 우리끼린 별 셋이라 그랬어요. 뭐가 그렇게 잘났는지 맨날 수첩 들고 남자 사우나 안이나 돌아다니고."

"수첩을 어디다 써요?"

"뭐, 헬라홀 피트니스의 문제를 분석한다며 수첩에다 뭔가를 적더라고요. 보고서 만들어서 윗선에 올리고. 정작 운동복 정리는 엉망이었어요."

하기야 팀장 눈에는 아무리 엘리트 사우나 매니저라도 운동복을 각 맞춰 쌓지 못하면 형편없는 직원으로 보였겠지.

"그러다가 1년 후에 회사 차원에서 정리하더라고요. 그사이 회원관리실에 항의가 많이 들어갔거든요."

전직 삼성 임원이었던 남자는 오전 업무가 끝나면 대놓고 히노끼탕에 들어갔다고 한다. 탕 안에 있던 홀딱 벗은 회원님들은 그

모습에 경악했을 게 틀림없었다. 이곳에서 사우나 매니저는 탕에 들어갈 수 없다는 암묵적인 규칙을 대놓고 위반했으니까. 회원님들께 눈치 없이 삼성 시절 일화를 이야기하다 비웃음을 산 적도 여러 번이라고 했다.

"그래도 너무 심하네요. 겨우 그런 걸로 자르고."

"그것도 그건데 이혼남이라서."

"이혼이 죄예요?"

"죄는 아닌데 자기 이혼남이라 외롭다고 밤마다 프런트 여직원들에게 문자를 보냈나봐요. 놀러 올 생각 있으면 놀러 오라고. 술한잔 하며 대기업 문화에 대해 친절하게 알려주겠다고. 아이고, 프런트 여직원들이 팀장 빼고 다 20대 초중반인데 주책이지. 삼성 시절엔 그런 게 먹혔을지 모르지만 주제도 모르고."

아마 별 셋 양반은 뒤통수까지 철판인 남자일 것 같았다. 남들이 뒤에서 흉보는 일 따위는 전혀 신경 쓰지 않고 살아가는 그런 꼰대들 말이다. 그런 인간들은 대개 뒤통수를 얼얼하게 얻어맞고 난 뒤에야 자신에게 무슨 일이 닥쳤는지 깨닫는다.

나는 작업복 바지와 셔츠로 갈아입었다. 발목이 무지무지 늘어나 회원님들은 절대 신지 않는 양말도 골라 신었다.

"하여간에 사람 구하는 게 쉬운 일이 아니에요. 이게 진짜 사나이가 할 일도 아니고."

"그럼, 뭐 우리는 가짜 사나이예요?"

"우린 뭐 진짜 사나이가 별거 아니라는 걸 아는 사나이 정도로

해두자고요. 그럼, 태권 씨 오늘 하루도 수고."

그렇게 말하고서 팀장은 재빠르게 창고방 밖으로 사라졌다.

팀장이 사라지면 회원님들을 위한 뒤치다꺼리는 완전히 내 몫이었다. 영업시간이 끝날 무렵이면 내가 인간인지 헬스장 뒤편 구멍 헬라홀에 쏟아버리는 세탁물인지 몰라 얼떨떨했다. 헬라홀 타워 구석 자리에 세워둔 자전거를 타고 페달을 밟으며 바람을 쐬고 나서야 겨우 손태권으로 돌아가는 기분이었다.

퇴근해서 집에 돌아오면 공은 자신의 새 작품에 대해 떠들었다. 공은 요사이 깨소금 같은 나날을 보내는 중이었다. 나는 반쯤 감긴 눈으로 고개만 까닥이며 그녀의 말을 들어주었다.

공이 주인공은 아니지만 주인공과 다름없는 역할을 맡은 작품은 영화 〈미녀는 괴로워〉의 아류작이라고 할 수 있는 로맨스물 연극이었다. 공은 여주인공이 살을 빼기 전의 모습으로 출연했다. 통통한 몸집보다 더 거대해 보이기 위해 특수분장에 솜옷까지 껴입었다. 그녀는 사우나 안에서 연극 연습을 하는 기분이라며 툴툴댔지만 즐거워하는 게 눈에 보였다. 더구나 이번에는 연출과 함께 직접 몇몇 장면을 만들고 있다고 했다.

나는 매트리스에 누운 채 꾸벅꾸벅 졸면서 공의 말을 들었다.

"그래, 좋겠네. 아주 좋아. 창의력은 사람을 붕붕 띄우는 힘이니까."

"태권은 요즘 어떤데?"

"나? 나는 목적의식이 충만한 삶을 산다고. 운동복을 정리하고,

세탁물을 수거하고, 바닥의 물기를 닦아내는 것이 전부인 삶!"

그렇게 말하고서 나는 엎드려서 방귀나 뀌었다.

정거장

　다행히 시간이 흐르자 헬라홀 남자 사우나에서 일하겠다는 지원자가 하나둘 나타났다. 이제 팀장과 나는 면접 온 지원자에 대해 평가했다. 물론 나는 그들을 직접 눈으로 보지는 못했다. 팀장이 자신이 일하는 오전 시간에만 면접을 잡으니까.

　팀장은 대위로 전역한 30대 중반의 군인을 아주 마음에 들어 했다.

　"최소한 소설가보다야 군인이 더 각을 잘 잡지 않겠어요?"

　그는 전역 후 2년 만에 전 재산을 까먹고 그보다 더한 빚더미에 올라앉은 남자였다.

　"장교 출신이잖아요! 장교가 무슨 각을 잡아요. 사병이 다 잡아주지."

　다음 날 그는 아무래도 현재 거주지와 거리가 너무 멀다며 죄송하다는 문자를 보내왔다. 그날 0.1톤이 넘는 몸무게를 지닌 남자도 면접을 보러 왔다. 이혼 후 폭식으로 살이 찌고 물려받은 재산까지 주식 투자로 날려버린 50대 사내였다. 그는 목욕탕 안이 너무 더워 엄두가 안 난다며 포기했다.

"나도 딱히 마음에 안 들어요. 암내가 심해."

얼굴에 칼자국이 깊게 팬 사내도 며칠 후에 면접을 봤다. 그는 이력서에 아무것도 쓰지 않은 당당한 남자였다.

"그 남자의 경력은 그 눈 밑의 칼자국, 그게 전부였어요."

사흘 동안 교육받은 칼자국은 이곳에서 일할 수 없었다. 이번에는 지원자가 아니라 팀장이 그를 거부했다. 운동복 수납이나 빗정리를 지적할 때마다 그는 적반하장도 유분수, 팀장에게 으르렁거렸다고 했다. 하지만 나는 칼자국에게 박수를 보내주고 싶었다.

"태권 씨, 그런 사람과 내가 어찌 일을 합니까? 미안해요, 태권 씨. 조금만 더 고생해주세요. 다행히 내일 대단한 사람이 면접을 보러 옵니다."

팀장은 그 남자의 채용을 조금 꺼리는 눈치였다. 그도 그럴 것이 새로 지원한 사람은 사우나의 달인이었다. 환갑 가까운 나이의 그 남자는 사우나에서 일한 경력만 30년이었다. 그리고 최근 10년간 대치동의 한 고급 피트니스 남자 사우나에서 일을 했다. 그 남자가 이리로 오면 하찮기는 하나 사우나 매니저 간의 권력 위계가 팀장에게서 달인으로 넘어갈 확률이 꽤 높아 보였다.

"거기는 수건이 모자라거나 운동복 바지가 늘어나 있거나 하진 않겠죠?"

팀장은 고개를 끄덕였다.

"하지만 거기에도 양말 도둑이 있을 겁니다. 반드시."

"그 좋은 곳에서 왜 여기로 이직을 해요?"

"지금 일하는 피트니스가 곧 폐업한대요."

팀장의 말에 따르면 사우나가 망하면 사우나 매니저는 개털이라고 했다. 이 일이 그다지 대단한 기술을 요하는 직업은 아니라서 대단한 경력으로 인정해주지도 않았다. 최악의 경우 다른 사우나에서 일자리를 얻어도 월급은 똑같이 초봉이라고 했다.

"자기 발전에 눈곱만큼도 도움이 안 되는 일이죠. 그냥 급한 사람들이 스쳐가는 정거장이라고요."

"정거장이요?"

"여기서 기다리는 거죠. 더 좋은 일을 찾기 전까지만. 만일 그런 일이 일어나면 태권 씨나 나나 미련 없이 여기를 떠나는 거지. 그런데 마흔 훌쩍 넘은 나한테 그런 일이 일어나겠어요?"

우리 둘이 서 있는 창고방 안은 낡은 정거장의 대합실보다 좁았다.

우리는 이곳에서 면도크림, 치약, 대여용 양말보다 계급이 낮은 존재인지도 몰랐다. 그 생각을 하자 무언가 착잡한 마음이 들었다.

"그럼 태권 씨, 나는 갑니다. 오늘도 수고하세요."

팀장도 착잡한 마음이 드는지 재빠르게 창고방 문을 열고 사라졌다.

나는 어제와 마찬가지로 창고 밖으로 나와 복도를 가로질러 로 커룸 쪽으로 향했다. 그사이 슬리퍼를 벗고 두 번이나 재빠르게 양말로 바닥의 물기를 닦아냈다.

"안녕하세요."

나는 땀에 젖은 운동복을 벗고 있는 회원님께 인사하며 그를 스 쳐 지나갔다.

그 남자는 1퍼센트의 아르마니 팬티였다. 얼마 전 그가 운동복 과 함께 아르마니 팬티를 던져 넣는 바람에 세탁실까지 내려가서 팬티를 찾아주어야 했다. 슬쩍 보니 오늘은 버버리 팬티였다. 버 버리 팬티를 홀랑 벗어 조심스레 옷장에 넣은 회원님은 펑퍼짐한 엉덩이를 씰룩이며 목욕탕으로 향했다.

어쩌면 헬라홀 남자 사우나는 대한민국 1퍼센트 남자들의 정거 장 역할도 하는지 몰랐다. 물론 우리들처럼 더 좋은 행운의 날을 꿈꾸며 잠깐 머무는 정거장은 아니었다.

이곳에서 1퍼센트 남자들은 아무리 유세를 떨어도 폼은 안 났 다. 명품 셔츠에 명품 등산복을 입고 들어와도 다들 후줄근한 운 동복으로 갈아입어야만 했다. 사우나 곳곳에서 마주치는 그들의 알몸 또한 그다지 명품은 아니었다.

갑의 사내들은 희한하리만큼 이곳에선 힘을 주지 않았다. 비록 권력의 꼭짓점에 있는 이들은 아니었으나 헬라홀 사우나의 대표 적 갑들의 직업은 화려한 편이었다. 회원 명단에 적힌 이름으로 인터넷 인물 검색을 하면 사진까지 뜨는 사람이 꽤 되었다. 전직 국회의원이 한 명에(IMF 이후 정권을 잡았던 진보 정권 쪽이었다) 전직 사단장이(군사독재 정권 시절이었다) 한 명이었다. 유명한 IT업계의 대표나 경제신문에 인터뷰가 실릴 만큼 남다른 재력을 지닌 사업가들도 여기를 찾았다. 의사, 대학교수, 그런 사람들은 발에 채였다. 자잘한 사업가들이야 자잘한 자갈과 다름없었다.

다만 그들 모두 여기 이곳에서는 도드라지려 애쓰지 않았다. 그들 모두 사우나의 규칙에 순응했다. 남자 사우나란 원래 땀을 빼고, 발기하지 않은 채 벌거벗고서 아무 생각 없이 축 늘어져 있을 수 있는 남자들의 유일한 공간이니까.

그렇기에 가끔은 헬라홀 남자들의 한숨을 엿볼 수도 있었다. 그런 광경은 특히 파우더룸에서 벌어졌다. 그들은 거울을 바라보며 서글픈 표정을 짓다가 세면 가방의 지퍼를 열었다. 그 가방의 지퍼를 여는 순간 헬라홀 남자 사우나의 파우더룸은 그들을 위한 정거장으로 변했다.

이곳 헬라홀 정거장에서 헬라홀의 회원님들은 세월을 거스르려 애썼다. 일흔 훌쩍 넘어 보이는 노인이 눈가에 주름 방지 크림을 바르는 걸 나는 여기서 처음 보았다. 손걸레로 거울을 닦으며 훔쳐보니 글자가 모두 자잘한 외국어였다. 중년의 사내들은 탈모 방지 토너를 머리에 뿌리거나 대여섯 개 정도 되는 화장품을 차근차근 얼굴에 발랐다.

물론 모든 노인이 물 건너 온 주름 방지 크림을 쓰진 않았다. 모든 중년의 사내들이 이곳에서 세월을 되돌리려 아등바등할 수도 없었다. 헬라홀의 회원님 중 가장 불운한 이들은 가난한 남자가 아니었다. 이곳은 가난한 남자들이 발조차 디디지 못하는 세계였다. 다만 부동산에 모든 재산을 쏟아부어 현금이 없어 불안해하는 이들 또한 제법 많다고 팀장이 귀띔해주었다. 현금 보유 능력만 따지자면 그들은 1퍼센트가 아니라 10퍼센트 한참 밖으로 튕겨질 이들이었다. 그런 이들에게 헬라홀은 부의 나른한 단맛을 조금이나마 맛볼 수 있는 또 다른 종류의 정거장일 터였다.

언제나 불만 많은 사료회사 회장님의 운전기사 오너는 그런 회원들을 경멸했다.

"물이 탁해. 완전 탁해. 여기도 이제 다 썩었어. 처음 문 열었을 때는 얼마나 회원들이 고상하고 수준 있었다고. 지금은 똥물이 섞였어. 탁 봐도 격이 떨어지는 인간이 너무 많아. 어디서 그런 껍데기들이 여기까지 굴러들어왔는지……."

오너가 보기에 헤어스프레이를 마구 뿌리는 사람들, 보디로션을 첨벙첨벙 온몸에 바르는 사람들 모두 격이 떨어지는 사람이었다.

"저 헤어스프레이야말로 바로 환경 파괴의 주범이란 말이지. 저걸 저렇게 옆 사람 상관 안 하고 마구 뿌리나?"

"저 보디로션, 저거 나는 쓰지도 않는다고. 딱 봐도 품질이 그냥 그래. 아이고, 저게 뭐가 좋다고 온몸에 바르고 앉았어. 뭐가 좋은지 뭐가 나쁜지 감이라고는 조금도 없는 사람들이 물을 흐려요."

하지만 내가 보기에 격을 떠나 헬라홀 남자 사우나의 노인들은 대부분 보디로션을 좋아했다. 그게 꼭 피부가 건조해서만은 아니었다.

내가 보기에 늙고 볼품없어진 몸에 보디로션을 바르며 헬라홀의 노인들은 무언가 쾌감을 느끼는 것 같았다. 아무리 갑이라지만 중장년의 갑들과 달리 노년의 갑들에겐 대개 가난의 그늘이 느껴졌다. 파우더룸 청소를 하다 보면 뜬금없이 일사후퇴와 육이오전쟁 꿀꿀이죽 이야기가 그들 사이에 화제로 오르기도 했다.

배곯던 시절의 그늘이 마음의 허기로 새겨졌는지 헬라홀의 노인들은 헬라홀 남자 사우나에서 그 허기를 마음껏 채웠다. 자기 물건은 악착같이 아끼고 공공의 물건은 어떻게든 마음껏 쓰는 행동으로.

헬라홀의 노인들이 모여드는 시간에는 그래서 파우더룸 바닥이 반질반질했다. 다들 발바닥까지 보디로션을 바르고 돌아다니니까. 나는 대걸레로 바닥을 닦은 뒤에 운동복 수량을 살피기 위해 다시 로커룸으로 움직였다. 수영장 쪽 로커룸에서 쩌렁쩌렁 울리는 웃음소리가 들려왔다. 아마 오너가 로커룸에 있었다면 격이 떨어지는 회원이라고 한참을 투덜거렸을 게 뻔했다.

"어이고, 동상. 처음 보는 얼굴이네. 어째 여기 새로 왔는가보네잉?"

수영복을 입은 커다란 덩치의 남자가 물을 뚝뚝 흘리며 내 옆을 지나갔다.

"네, 안녕하세요."

익숙한 얼굴의 남자였지만 여기서는 처음 본 회원님이었다. 곰곰이 생각해보니 그 남자는 저 푸른 초원 위에 그림 같은 집을 짓자던 70년대 슈퍼스타 남진이었다. 물론 지금의 그는 오빠부대를 몰고 다니는 미끈한 청춘스타보다는 알래스카의 북극곰에 더 어울리는 몸집이긴 했다.

다음 날 가수 남진을 보았다고 호들갑을 떨자 팀장은 별 반응 없이 고개만 까닥였다.

"또 오셨군요. 겨울에 한동안 안 보이시더니. 어쩌다 가끔 오십니다."

그러면서 작은 소리로 내게 속삭였다.

"남진 회원님은 수영장에서 나와 복도에 물을 뚝뚝 흘리는 회원님이니 요주의가 필요합니다."

그리고 한마디 더 덧붙였다.

"남진 회원님보다 더 중요한 오전 근무 사우나 매니저는 언제 나타날지 모르겠군요."

안타깝게도 사우나의 달인이 강남의 호텔 피트니스에 스카우트됐다는 비보가 전해졌다. 정거장을 거치지 않고 바로 다음 목적지로 옮겨 간 셈이었다. 하지만 나와 달리 팀장은 그리 울적해하는 눈치는 아니었다.

하여간에 가끔 한 번씩 들른다던 남진 회원님은 다음 날부터 헬라홀에 자주 출몰했다. 그의 등장은 언제나 요란스러웠다. 누군가와 전화 통화를 하며 껄껄 웃어대고 우리가 인사를 하면 팔을 들어 반갑게 인사했다. 남자 사우나에 등장할 때 입고 있는 의상도 백색이나 빨간색의 개량한복처럼 한눈에 확 들어오는 옷이었다. 말이 개량한복이지 상당히 독특한 한복이었는데, 질감이 꼭한지로 정성 들여 만든 옷 같기도 했다. 어느 날에는 완벽한 밀리터리룩에 선글라스를 쓰고 나타나기도 했다. 자신의 신곡이 담긴싱글 앨범을 우리 사우나 매니저들에게 나눠주기도 했다. 추리닝차림에 야구 모자를 푹 눌러쓰고 나타나 무뚝뚝한 표정으로 묵묵히 운동하고 아무 말 없이 씻고 떠나는 〈올드보이〉 최민식 회원님과는 분위기가 달랐다. 물론 홀딱 벗은 올드보이 최민식 회원님은오래 묵은 똥배를 드러내고 팔자로 뚜벅뚜벅 걷는 중년의 다른 남자들과 큰 차이는 없었다.

이처럼 헬라홀 정거장에는 유명인사들도 가끔 나타나곤 했다. 헬라홀의 남자들은 힐끔거리기만 할 뿐 그들에게 아는 척은 하지않았다. 아무래도 셀러브리티를 보고 호들갑을 떠는 건 그들이 지닌 사회적 체면과 어울리지 않는 행동이라 여기는 눈치였다.

어느 날인가 늘 유쾌한 남진 회원님이 로커룸 의자에 앉아 한숨을 푹푹 내쉬었다.

"회원님, 어디 불편하세요?"

남진 회원님이 고뇌에 사로잡힌 듯 고개를 내저었다.

"억울해. 이거 좀 너무 억울해."

나는 싱글 앨범 판매 저조로 남진 회원님이 괴로워하는 게 아닐까 짐작했다. 아무리 슈퍼스타라도 남진 회원님이 자정에 차트 톱을 찍는, 음원 시대의 슈퍼스타는 아니니까.

"무슨 안 좋은 일이라도······."

"동상, 내가 독하게 마음먹고 지금 몇 주째 여기서 하루에 두세 시간씩 수영을 하는데 도무지 살이 안 빠져. 어쩨 이러냐잉? 어쩨 내 몸이 이렇게 됐냐? 나 콘서트 얼마 안 남았는데 아따 확 돌아버리겠다잉."

벌거숭이

짬짜면 타워에서 빠져나와 자전거를 타고 달리는데 자전거 한 대가 내 뒤를 따라왔다. 아직 쌀쌀한 초봄에 몸에 착 붙는 자전거 복만 입은 남자가 곁눈질로 나를 힐끔거렸다.

"태권, 태권 맞지?"

"네, 그런데…… 누구?"

남자는 브레이크를 밟았고 동시에 나도 자전거를 멈추었다.

남자가 고글을 벗었다. 남자는 웃고 있었다. 우리가 마지막에 헤어지던 술자리에서는 서로 안 볼 것처럼 잔뜩 얼굴을 찌푸리더니. 그는 내가 몇 달 전까지 다니다가 폐업하는 바람에 그만둔 논술학원 원장이었던, 대학 선배 조 씨였다.

"너도 이 동네에서 일해?"

"뭐 어쩌다 보니 그렇게 됐어요."

"이야, 너 어느 학원이야? 우리 경쟁 학원이야?"

조 씨를 못 알아본 건 숱 없는 머리가 커다란 자전거 헬멧에 가려져서만은 아니었다.

몇 달 전에 비해 그는 몰라보게 얼굴이 살아 있었다. 시든 할미꽃에서 활짝 핀 무궁화로 변한 자태라니. 땀을 흘리는 몸에서도 담배에 찌든 냄새 대신 향수 냄새가 풀풀 풍겼다. 그는 자전거를 세워둔 채 새로 취직한 학원의 연봉과 아이들 수준하며 별로 듣고 싶지 않은 말들을 떠들었다. 얼굴이 달뜬 것이 몇 시간이건 거뜬하게 자신의 새 직장에 대해 신이 나서 떠들 것 같았다.

"축하드립니다. 형, 나중에 술 한잔 해요. 그런데 지금은 제가 좀 약속이 있어서요. 다음에 봐요."

"인마, 그러니까 너 어느 학원이냐고?"

나는 재빨리 공이 일하는 소극장 쪽으로 자전거 페달을 밟았다.

"야, 나 다음 달에 모발이식 한다."

조 씨가 유쾌한 소식을 전하듯이 뒤에서 외쳤다. 하지만 자전거 페달을 밟는 내 발에는 점점 힘이 빠졌다.

그렇다고 조 씨에게 내가 거짓말을 한 건 아니었다. 그날은 정말로 소극장 근처에서 공과 만나 맥주를 마시기로 한 날이었다. 헬라홀 피트니스와 공의 소극장은 걸어서 10분 정도 거리였다. 하지만 가까운 거리에서 일하면서도 우리 두 사람이 만나기란 쉽지 않았다. 모처럼 연인과 약속을 잡은 날에 조 씨에게 목덜미를 잡힐 뻔한 것이었다.

하지만 조 씨의 미소는 호프집에서도 치킨 맛을 떨어지게 만들었다. 조 씨의 향수 냄새가 머리를 지끈지끈하게 했다. 형광색 쫄쫄이 자전거복을 입은 조 씨가 껄껄 웃으며 자전거를 타고 내 머릿속에서 빙글빙글 돌았다. 그런 까닭에 공과 치킨을 뜯으면서도 공의 말에 집중하기 어려웠다. 공이 신나서 자신이 출연하는 연극에 대해 떠드는 소리는 내 귀에서 그냥 주르륵 흘러내렸다. 조 씨의 새로운 직장이나 모발이식 따위가 부러운 게 아니었다. 그 별것 아닌 자기 자랑이 부러웠다. 그리고 겨우 그런 걸 부러워하는 스스로의 궁상이 초췌했다.

'이건 아니지. 이건 아니야.'

나는 포크로 케첩과 마요네즈에 버무린 양배추만 푹푹 찔렀다.

"태권, 뭔가 내 말에 집중을 못 하는 거 같네?"

나는 길게 한숨을 내쉬었다.

"공아, 사실 사람들이 나를 무시하는 기분이 들어."

차마 조 씨 때문에 그런다는 말은 할 수 없었다.

"누가? 회원님들이 태권을 하대해? 태권이란 이름이 멍청이 같대? 왜 얼마나 코리아 프라이드치킨 같은 매력적인 이름인데."

사실 정신없이 바빠서 깊게 각인되지는 않았지만 그래, 무시당하긴 무시당했다. 그곳에서 나는 그저 '락카' 아니면 '사우나'였다. 아니면 그들이 바닥에 내던진 수건과 운동복을 수거하는 말없는 유령이거나.

"아니, 그게 아니라 그냥 소리 없는 무시라고. 무언가 투명인간

취급을 당하는 기분."

공은 맥주잔의 손잡이를 몇 번 어루만졌다. 그녀의 엄지손톱에 발린 초록색 매니큐어가 살짝 벗겨진 것이 눈에 들어왔다. 어쩌면 저 초록의 매니큐어를 바른 후 그녀는 무대에서 마녀로 변신하는지도 몰랐다.

"태권, 그럼 태권이 투명인간이 아니라는 걸 증명해."

공이 취기 오른 반짝이는 눈으로 나를 빤히 바라보았다. 그리고 나른하게 속삭였다.

"그러니까 벌거벗어보라고……."

"뭐야? 지금 여기서? 그건 집에서나……."

갑자기 약간의 취기에 객기가 들러붙어 나는 큰 소리로 말했다.

"아니, 아니야. 좋아, 좋다고! 뭐가 문제야? 내가 그대에게 노동으로 단련된 단단한 엉덩이를 보여주지!"

허리띠를 풀려는 순간 공이 손사래를 쳤다.

"여기 아니라 거기에서. 헬라홀에서. 태권은 갑들이 다 나간 다음에 씻는다면서."

"그렇지. 헬라홀 남자 사우나 안이 비었을 때. 중간조로 일할 때도 회원님들이 목욕탕에 거의 없는 틈을 타서 재빠르게 씻었고……."

공이 다시 한 번 손사래를 쳤다.

"태권, 인간에게는 권리가 있어."

"또 무슨 권리인데?"

"인간은 그러니까…… 홀딱 벗은 인간 앞에서는 같이 당당하게 홀딱 벗을 권리가 있는 거지."

생각해보니 우리는 그리 당당하지는 않았다. 그러니까 벗을 권리는 뭐 둘째 치고 씻을 권리조차 행사하지 못했다. 팀장도 씻을 때 언제나 구석 자리에 숨어 조심했다. 나와서 옷을 갈아입을 때조차 로커룸에 사람이 없을 때를 골랐다.

"뭐가 문제야? 우린 어차피 다 벌거벗고 태어난 존재. 나도 태권도. 1퍼센트의 인간이건 99퍼센트의 인간이건 모두."

그러면서 공은 앙칼지게 닭날개 하나를 뜯었다. 기름진 입술로.

"그래, 옳다. 그대 말이 옳아."

말은 그리했지만 나는 헬라홀의 남자들 앞에서 내 온전한 자태를 드러낼 생각은 없었다. 내 계획은 그곳을 떠나 다른 일자리를 찾는 거였다. 팀장에겐 미안했지만 그곳은 내가 있을 최적의 장소가 아니었다. 나는 몇 년간 내게 익숙했던 세계로 돌아가기로 마음먹었다. 헬라홀 안에서 나는 양계장의 노계, 아니 남자 사우나의 노예와 다름없었다. 이제 수능에서 언어영역 1등급으로 패스한 나의 지적인 능력을 다시 발휘할 차례였다.

다음 날부터 일주일 동안 나는 계속 이력서를 보내고 면접용 시강을 준비했다. 처음에는 이 신도시의 유명 학원에 이력서를 보냈다. 선배 조 씨가 해냈으니 나라고 못 해내겠나 싶었다. 하지만 답이 없었다. 결국 주변 지역까지 검색해 이력서를 뿌렸다. 그러다 겨우 버스를 타고 신도시 도심에서 30분은 더 들어가야 하는 어느 보습학원에서 연락을 받았다. 나는 오후 2시에 면접을 보자는 걸 점심시간으로 시간을 앞당겼다.

하지만 그곳의 원장은 나를 보자마자 탐탁찮은 기색을 내비쳤다. 내 또래 혹은 나보다 어려 보이는 원장은 배달된 짜장면을 꾸역꾸역 먹으면서 고개만 까닥하더니 말했다.

"너무 고급 인력이시네. 우리가 원하는 사람은 그냥 중학생들한테 국어 가르쳐줄 정도면 되는데. 신춘문예 등단에, 논술학원도 꽤 괜찮은 곳에 몇 년 계셨고…… 그런데 국어를 전문으로 하신 적은 없네. 혹시 파트타임으로 하실 수 있으세요?"

물론 그 파트타임 임금은 헬라홀에서 받는 것만도 못했다.

"생각해보겠습니다."

"사실 어딜 가든 애매하실 거예요. 차라리 학원에서 더 길게 경력을 쌓지 그랬어요? 그런데 지금은 그냥 쉬시나?"

뭐야, 왜 마음대로 애매하다 평가하는 건데, 이 자식은.

나는 잠시 고민하다 말문을 열었다.

"실은 쉬는 동안 시나리오를 썼습니다. 영화배우 최민식 씨하고 일주일에 두세 번 정도 얼굴을 보고 미팅하는 중이고요."

"이야, 그럼…… 계속 쓰세요."

버스를 타고 헬라홀로 돌아오는 내내 숨쉬기조차 쓸쓸했다. 갈비뼈 안 허파 두 쪽이 텅 빈 세븐일레븐 비닐봉지처럼 느껴질 정도였다. 거기다 버스도 하나 놓치는 바람에 나는 헬라홀 남자 사우나에 20분쯤 지각했다.

전화로 조금 늦을 거라고 미리 말했는데도 팀장은 시무룩한 얼굴로 나를 맞았다. 다행히 내가 지각한 것 때문에 화가 난 건 아니었다. 내가 면접을 보는 동안 헬라홀 남자 사우나 안에서 일어난 사건 때문이었다.

놀랍게도 헬라홀의 회원님 중 한 명이 이곳에서 지갑을 털리고 말았다. 회원님은 잠깐 열쇠를 목욕탕에 놓아두고 사우나에 10분쯤 들어갔다 나온 게 전부였다. 그사이 열쇠가 없어진 건 아니었다. 다만 그사이 누군가 그 열쇠로 회원님의 옷장을 열어 지갑에서 엔화를 훔쳐 간 것이다. 더구나 그 회원님은 한 달 전에도 만 원짜리 두 장을 이곳에서 잃어버린 적이 있었다. 1퍼센트의 야쿠자를 닮은 무서운 사내는 팀장에게 지갑을 흔들어대며 화를 내고 사라졌다고 했다. 한 번만 더 이런 일이 있으면 경찰에 신고해버릴 거라면서.

"회원님 중에 도둑이 있다는 건가요? 이제는 양말이 아니라 돈까지?"

"그걸 의심하기도 하는 것 같지만 그보다는 나를 의심하는 눈치예요."

"팀장님을요?"

"여기 남자 사우나 안에 있는 사람 중에 남의 지갑을 털 만한 이유가 있는 사람이 나밖에 없다는 거지. 우리는 1퍼센트가 아니니까."

잠시 우리 두 사람 사이에 우울한 공기가 감돌았다.

"하여튼 태권 씨, 다음부터는 지각하지 마시고 일찍 오세요. 오늘은 처음이라 봐드립니다."

팀장은 나를 혼낼 기력도 없는지 가방을 짊어지고 쓸쓸하게 퇴근했다.

그날 하루도 평소와 다르지 않았다. 여전히 수건과 양말과 운동복은 모자랐다. 누군가 변기의 수동식 비데를 제대로 잠그지 않아 화장실 바닥은 한강이 되었다. 심심한 노인은 발목이 늘어난 양말을 내게 내던지며 뗑깡을 부렸다. 나는 목욕탕과 로커룸을 오가며 바쁘게 돌아다녔다. 바람에 날리는 텅 빈 세븐일레븐 비닐봉지마냥 바스락바스락. 나란 놈, 이 갑들의 공간에서 진짜 애매한 존재가 된 듯했다.

그럼에도 어김없이 마지막 세탁물 수거의 시간은 돌아왔다. 나는 카트를 밀며 출입구 쪽으로 나가다 잠시 멈칫했다. 개인사물함 아래 구석 자리에 허연 물체 하나가 보였다. 누군가 바닥에 뱉고 가버린 껌이었다. 흔히 벌어지는 일은 아니었지만 특별할 것 없는 일이었다. 그런데도 누군가 내 얼굴에 껌을 뱉고 간 기분이었다. 나는 아직 침이 번들번들한 껌을 맨손으로 주워 쓰레기통에 버렸다. 그리고 다시 카트를 밀고 가서 그날의 마지막 세탁물을 자그마한 세탁 구멍 헬라홀을 통해 내려 보냈다.

"이 더러운 기분 이거 어떡하니? 대답 좀 해봐, 이 녀석아."

하지만 지상 3층부터 지하 3층까지 이어진 구멍 헬라홀은 제제의 라임오렌지나무 밍기뉴가 아니었다. 그는 나를 위로해주는 대신 재빠르게 세탁물을 바닥으로 내려 보내고 다시 꾸에에엑 비명을 질렀다. 그렇더라도 그 바람 소리가 실없이 나를 웃게 했다.

나는 카트를 밀고 다시 남자 사우나로 돌아왔다. 아직 마감 시간까지는 20여 분이 남아 있었다. 목욕탕 안과 파우더룸에는 제법 회원들이 많았다.

나는 훌훌 옷을 벗고 날엉덩이를 덩실대며 목욕탕으로 들어갔다. 나는 두 눈을 질끈 감고 꼿꼿하게 세웠다. 배꼽 아래에서 덜렁대는 그 물건이 아니라 종일 구부정하게 굽히고 다니는 허리를. 샤워기에서 쏟아지는 물로 세수를 하고 머리를 감고 땀으로 끈끈해진 겨드랑이와 사타구니를 씻었다. 그리고 사우나 안을 정리했다. 알몸으로.

어디서 감히 병 따위가 갑 앞에서 벌거숭이가 돼? 망측하게. 당장 팬티라도 입지 못할까!

이런 추상같은 호령을 들을까 눈치가 보였지만 그런 일은 일어나지 않았다. 다만 나를 힐끔거리는 회원님들의 시선이 느껴지긴 했다. 내심 놀라는 거 아닌가 싶었다. 후줄근한 작업복 차림의 병이 투명인간이 아니라 그들과 똑같이 뱃살이 접히고 고추 달린 평범한 몸이라는 사실에. 뭐, 거기 사이즈도 남들에게 밀리는 편이 아니라 한발 정도 앞서는 편이니.

그제야 맥주를 마실 때 공이 했던 말이 살짝 이해가 갔다. 알몸으로 돌아가니 그들이나 나나 도긴개긴의 존재로 여겨졌다. 이곳의 회원님들이 사우나 매니저를 탕에 들어오지 못하게 하는 이유도 이해가 갔다. 어쩌면 그렇게라도 해야 이곳에서 몸을 씻는 사람과 바닥을 청소하는 사람 사이에 뚜렷한 경계가 생길 테니까.

일이 끝나고 헬라홀 타워를 빠져나와 자전거를 붙들고 횡단보도에서 신호를 기다리는데 팀장에게 전화가 걸려왔다.

"네, 팀장님. 무슨 일인데요?"

"태권 씨, 내일 오전에 면접 한 명 보기로 했습니다. 그 사람은 새벽에 할 일이 필요한가 보더라고. 아마 웬만하면 여기서 일할 거 같아요."

"팀장님, 또 한밤중에 지원자한테 문자 보내셨어요?"

말은 그리했지만 감옥살이가 끝나고 이제 다시 천국으로 돌아간다니 기쁘기 짝이 없었다.

"뭐, 그러긴 했는데…… 그쪽에서 금방 전화가 걸려오더라고. 이 일에 구미가 쫙쫙 당긴다는 거겠죠?"

"근데 이 시간에 그것 때문에 저한테 전화하셨어요?"

"그것도 그거고…… 아까 상황이 그래서 못 한 말이 있어요. 내일 회장님 댁에서 직원 만찬이 있습니다. 저는 갈 수 없으니 태권 씨가 참석하세요. 소화제 필히 지참하시고요."

"아니, 독재자가 갑자기 왜요?"

"원래 그분, 생신 전에 그런 행사를 열어주십니다. 그럼 태권 씨, 잊지 말고 내일 정오까지 출근하세요. 소화제 챙기는 것도 잊지 말고."

독재자

내가 이곳에서 일하기 전까지 헬라홀 피트니스 회장님의 별명은 '오야붕'이었다. 재작년에 칠순을 넘긴 사내는 사실 덩치가 크진 않았다. 오히려 작달막하고 마른 체격이었다. 그러나 늘 입을 굳게 다물고 있는 그에게는 날카로운 눈빛으로 상대를 오이지처럼 오그라들게 만드는 오야붕의 기백이 있다고 했다.

하지만 내가 보기에 그는 독재자와 더 닮아 있었다. 아무리 봐도 오야붕이라고 하기에는 하체가 좀 부실해 보였으니까. 그는 일주일에 서너 번은 뒷짐을 지고 그 부실한 하체로 헬라홀 남자 사우나 안을 팔자걸음으로 돌아다녔다. 목욕을 하고 회원들과 몇 마디 대화도 나누었다. 그러다 파우더룸이 조금이라도 지저분해 보이거나 자신이 앉은 자리에 머리빗이 하나뿐이면 버럭 화를 냈다. 그때 외에는 우리들 사우나 매니저에게는 말 한마디 걸지 않았다.

인사를 해도 받는 둥 마는 둥 눈을 내리깔고 그냥 지나갔다.

몸집이 쥐방울만 한 독재자와 반대로 헬라홀의 영업사장은 거구의 덩치를 자랑했다. 전직 무도인 출신이라는 이 남자는 의외로 귀여운 구석도 많았다. 뜬금없이 남자 사우나에 나타나 우리들에게 누룽지맛 알사탕을 손에 쥐여주며 "힘내!"라고 말하고 헬헬 웃으며 사라졌다. 저런 남자가 이마로 기왓장을 깨고 이빨로 트럭을 끌었다니 상상이 안 갔다. 우리끼리는 그래서 헬라홀의 영업사장을 헬헬 웃는 헬사장이라 불렀다.

톰과 제리 정도의 차이였지만 헬사장은 독재자 앞에서 꼼짝도 못했다. 독 안에 든 쥐, 아니 덩치가 크고 살갗이 가무잡잡하니 간장 독 안의 고양이 신세 정도일 터였다.

하여튼 헬라홀의 최고 권력자인 데다가 특유의 싸한 분위기 탓에 팀장도 독재자 앞에서는 언제나 조심했다. 독재자 회장님이 나타나실 시간이면 운동복과 양말 중 가장 짱짱한 놈을 골라 회장님 전용 로커 앞 벤치에 올려두었다. 나 혼자 오후 근무를 하게 된 후로 그 업무는 오롯이 내 몫이었다. 물론 나는 귀찮아서 가끔 운동복이 모자랄 때는 그냥 허름한 운동복을 벤치에 놓아두었다. 그런다고 독재자가 잔소리를 하지는 않았다. 어쩌면 나 따위와 말을 섞는 일 자체를 혐오하는 걸 수도 있겠지만.

내가 독재자와 대화를 나눈 건 딱 한 번밖에 없었다. 이발소 사장님이 저녁 약속이 있어 일찍 퇴근하시는 바람에 이발하러 들른 그가 허탕 쳤을 때였다.

"이 사장한테 머리 깎으러 왔는데 아쉽게 됐군."

나는 독재자가 그렇게 혼잣말만 하고 사라질 줄 알았다.

하지만 독재자는 파우더룸 의자에 떡하니 앉더니만 숱 없는 머리를 빗으로 빗으며 큼큼 콧소리를 냈다.

"너도 기술자라면서?"

대걸레로 청소를 하려던 나는 아무 대답도 못 했다.

'내가 기술자였어? 내가 여기서 배운 기술은 로션 두 개를 합쳐서 하나로 만드는 기술이 전부인데. 치약 두 개를 하나로 합치는 건 아직 못 배웠고.'

"아니 너 인마, 소설인가 뭐 쓴다면서?"

그러고서 독재자는 또 큼큼거렸다.

"아, 저 유명한 사람은 아닙니다."

"그래, 아무래도 그렇겠지. 안 그럼 내가 모를 리가 없다고. 나도 신문 읽어. 문화면꺼정."

그는 거울을 통해 잠시 물끄러미 나를 빤히 보았다.

"여기 뭐 캐내려고 왔나?"

"캐긴 뭘 캐요? 여기가 무슨 광산 사우나도 아니고."

나도 모르게 평소의 빈정거리는 말버릇이 튀어나왔다.

독재자는 잠시 아무 말도 하지 않았다. 하지만 그 싸늘한 눈빛에서 살벌한 말들이 섬광처럼 획획 스쳐 지나가는 게 보였다. 그렇다고 내 농담에 기분이 상하셨냐고 독재자에게 물어볼 수는 없었다. 계급이 전혀 다른 남자들끼리는 서로의 진짜 감정에 대해

묻지 않는 법이니까. 낮은 쪽은 상대의 감정을 짐작하고, 높은 쪽은 아예 상대의 감정에 관심조차 없다.

"아, 회장님 저는요, 그냥 생계형 취업입니다. 소설가라고는 해도 책 한 권 없습니다. 그냥 면허증 딴 거나 다름없죠. 요새 글이라곤 여기 업무일지 적는 게 다입니다."

독재자는 내 말에 대꾸하지는 않았다.

그저 다시 콧소리를 큼큼 내고서 의자에서 일어났다. 방금 머리를 빗을 때 사용한 빗을 시크하게 내팽개치고. 그게 우리 두 사람이 헬라홀에서 나눈 대화의 전부였다.

하지만 나는 사실 독재자가 별로 무섭게 여겨지진 않았다. 헬사장처럼 매일 시달리는 것도 아니고 팀장처럼 매주 월요일 전체 회의 시간에 꾸중을 듣는 것도 아니니까. 내 눈에 독재자는 헬라홀을 드나드는 노인들과 크게 다를 바가 없었다.

더구나 이 노인의 팔자걸음은 무언가 늘 무기력해 보였다. 스무 살 남자야 뭐 아무것도 가진 게 없어도 당당해지는 순간이 있다. 하지만 움켜쥘 게 많은 이 노인은 다를 터였다. 아무리 움켜쥐려 한들 모든 게 술술 풀려버릴 테니까. 머리카락도 술술 베갯머리로 떨어지고, 잠깐 곧추선 성기는 맥없이 힘이 풀리고, 괄약근의 힘이 줄어들어 '응가'를 흘리는 민망한 사태까지. 어쩌면 헬라홀의 독재자도 그런 노인들과 비슷할지 몰랐다.

나는 회장이 나타났다 사라지면 그의 아침을 상상해보기도 했다. 눈을 뜨면 헬라홀의 독재자인 이 남자는 깊은 한숨과 함께 괄약근에 힘을 주며 하루를 시작할지 몰랐다. 그러면서 자기 말 한 마디에 사색이 되는 헬라홀 피트니스의 근무자를 떠올리며 미소지을 터였다. 골프장과 헬라홀 빌딩을 소유한 재력을 빼면 이 노인은 그저 그런 노인이었다. 그러니까 내 짐작에는. 그의 팔약근을 자극하는 건 고작 그 정도.

다음 날 직원 만찬을 위해 헬라홀 타워에 모인 피트니스 각 부서 대표들은 일렬로 독재자의 집으로 향했다. 독재자의 하우스는 헬라홀 타워에서 걸어서 5분 남짓 거리인 초고층아파트의 최고층이었다. 평수는 72평이라고 했다.

현관에 들어서자마자 우리는 헬사장의 지시에 따라 "안녕하십니까?"라고 큰 소리로 외쳤다. 물론 우리의 인사를 듣고 독재자가 나타날 리는 없었다. 대신 현관문을 열어준 가사도우미가 우리를 안내했다. 운동장처럼 넓은 거실을 지나 우리는 어딘가로 안내받았다. 그곳은 유럽 영화에나 나올 법한 우아한 다이닝룸이었다. 거기 내가 살면서 본 것 중 가장 기다란 식탁이 있었다. 사람 셋을 나란히 눕혀놓고 곤장을 때려도 될 만큼의 길이였다.

그 넓은 식탁을 세 명의 가사도우미가 오가며 요리로 채우는 중이었다. 달짝지근하면서도 구수한 냄새가 다이닝룸을 가득 채웠다. 나도 모르게 침이 고여 꼴깍 침이 넘어갔다. 내 옆에 서 있던 헬사장도 연신 침을 삼켰다. 물론 그의 표정을 보건대 입맛이 돌아 그런 것 같지는 않았지만.

호박 단추를 단 한복을 입은 독재자는 바로 그 다이닝룸에 있었지만, 우리에게는 눈길도 안 주고 큼큼거리며 가사도우미들을 힐끔거렸다. 정구호풍의 검은 블라우스와 통이 넓은 바지를 입은 독재자의 사모가 대신 우리에게 미소 지었다. 팔자주름에 보톡스를 맞은 지 얼마 안 되었는지 미소 짓는 입매에 부자연스러운 경련이 이는 것 같았다.

여자 사우나 팀장이 팔꿈치로 내 옆구리를 툭 치며 자그마한 목소리로 내 귀에 속삭였다.

"태권 씨, 그렇게 빤히 쳐다보지 말아요. 고개 숙이고 있어요."

"오시느라 고생하셨어요. 다들 자리 잡고 편히 앉으세요."

사모의 말이 떨어지자마자 우리들은 다들 식탁에 자리를 잡고 앉았다.

독재자의 만찬에 초대받은 헬라홀 피트니스 직원들은 꽤 수가 많았다. 헬라홀 피트니스의 모든 업무를 총괄하는 부장, 전직 교사 출신의 골프연습장 팀장, 새벽기도의 힘으로 모든 업무의 고통을 인내하는 여자 사우나 팀장, 여전히 90년대 마돈나 스타일의 물결머리를 고수하는 수영장 팀장, 전직 여자 농구 선수 출신이 아닐까 의심되는 나보다 키가 큰 회원관리실 팀장, 일란성쌍둥이 공룡 같은 헬스클럽 트레이너 둘, 프런트 여직원 팀장과 센 언니 캐릭터의 여직원 한 명. 그리고 소설가, 아니 신입 사우나 매니저가 이곳에 함께였다.

하지만 이발소 사장님은 여기 초대받지 않았다. 그분은 개인사업자였기에. 대형 세탁건조기 탓에 사계절 내내 실내 평균 기온이 35도인 지하 세탁실에서 일하는 반장님도 올 수 없었다. 그분을 관리하는 건 헬라홀이 아닌 용역회사였기에. 사우나나 골프장 설비만이 아니라 헬라홀 타워의 모든 문제를 해결하는 맥가이버 부대 방제실 직원들도 여기 없었다. 그들은 지금도 헬라홀 타워 어디선가 나사를 조이거나 전기 배선을 살피고 있을 터였다. 아니면 늘 문제가 터지기 일쑤인 헬라홀 남자 사우나 사우나실에서 땀을 뻘뻘 흘리며 무언가를 고치고 있거나. 피부관리실 원장도 여기 올 수 없었다. 그녀 역시 개인사업자였다. 팀장 말에 따르면 그녀는 마사지만이 아니라 화장품 판매로 헬라홀 회원들의 지갑을 탈탈 털어 가는 능력자지만, 회장님에게 늘 빳빳이 턱을 들어 심기를 거스르는 인물이라고 했다.

"자, 이렇게 모인 김에 내 한마디 한다."

큼지막한 탕수육 하나를 집어 입에 넣은 그대로 나는 독재자를 바라보았다. 나와 눈이 마주친 독재자는 다시 한 번 큼큼거렸다. 나는 커다란 고깃덩이를 몇 번 씹지도 못하고 목으로 넘겼다. 목젖이 따귀를 맞은 듯 아렸다.

사실 다른 사람은 일절 음식에 손도 대지 않은 상태였다. 그러니까 식탁에 앉아 바로 수저를 드는 게 아니라 회장님의 훈화 말씀이란 의례가 있는 거였다.

"큼큼, 알고 있을 거야. 큼큼, 요즘 우리 피트니스에 회원들 탈퇴가 늘어나고 있다."

직원들은 고개를 푹 숙인 채 조심스레 고개를 끄덕였다.

"사장, 그 이유가 뭔가?"

헬사장이 머리를 긁적였다.

"회장님, 그게 말입니다. 아무래도 경기가 다 불경기고……."

"불경기? 이 동네에 불경기 그딴 게 어디 있어!"

그러더니 곧이어 헬스클럽 트레이너들에게 삿대질을 했다.

"이놈들아, 너희들 몸만 키울 줄 알지 회사를 키운다는 생각을 왜 못 해! 큼큼, 내가 회의 시간에 누누이 말하잖아. 자기가 관리하는 회원 통해서 새 회원들 유치시키라고, 큼큼큼큼."

"회장님, 그게 말이 쉽지 안 쉬워요."

"다들 지갑 여는 데 얼마나 인색한데요."

트레이너 둘이 짧게 한마디씩 했다.

그 짧은 대답이 독재자의 부아를 돋운 모양이었다.

"세상에 쉬운 일이 어디 있어! 쉽지 않으면 연구를 해야 할 것 아냐, 응? 큼큼큼, 내가 너희들 매일 시간 날 때마다 휴대폰 보고 있는 거 모를 줄 알아? 앞으로, 큼큼, 헬스클럽이건 프런트건, 큼큼, 골프연습장이건 멀뚱히 휴대폰 보는 거 다 금지야. 그리고 한 달에 한 명씩 회원 유치시키는 거야. 그리고, 큼큼, 그 결과 사장 통해 나한테 보고해. 그러기 싫다? 그럼 나가. 밥값을 못하면 너희들이 있을 이유가 뭐가 있어?"

나는 회장이 흥분해서 떠드는 동안 밥맛이 뚝 떨어졌다. 배는 고픈데 거창한 요리 앞에서 밥맛이 떨어지는 게 이런 거구나 싶었다. 그제야 소화제를 챙기라던 팀장의 말이 이해가 갔다.

"자, 회장님 말씀 잘 들으셨죠. 나나 회장님이나 여러분의 노고에 늘 감사하고 있어요. 그럼, 이제 만찬 시작할 테니 식사 즐기도록 하세요."

독재자의 사모는 문화센터에서 에티켓 교육이라도 받은 듯한 말투와 몸짓으로 우리에게 명령했다.

속이 부대끼는 만찬이 끝난 후에 회장은 헬사장과 긴히 할 말이 있다며 그를 붙잡았다. 그 바람에 헬사장만 남고 우리들만 먼저 독재자의 아파트를 떠났다.

"회장 할아버지 도대체 왜 그런대? 우리가 뭐 거기서 밥 달라고 그랬나? 밥을 주려면 밥만 주지 왜 잔소리를 쌍으로 끼얹고 지랄."

프런트 팀장과 함께 온 센 언니 여직원이 돌아가는 길에 계속 투덜거렸다.

하지만 그녀의 말에 호응해주는 사람은 없었다. 다들 기운 빠진 얼굴로 일렬로 헬라홀 타워를 향해 걷기만 했다. 상황이 그러니 나라도 나서야겠다 싶었다.

"뭐, 그게 다 괄약근 때문일 수도 있죠."

내 말에 사람들이 걸음을 잠시 멈추었다.

"아니, 신문에서 봤는데 노인들이 신경질이 많아지는 이유 중 하나가 괄약근 때문이래요. 자연스럽게 움직여야 하는 게 마음대로 안 되면 만사가 짜증이 나잖아요."

내 말에도 사람들은 별 반응이 없었다. 그런데 갑자기 여직원이 팍 웃음을 터트렸다.

"어제 피부관리실 원장 언니한테 들었는데 회장님 마사지실에서 대형 사고 치셨대요. 새로 온 어린 직원한테 전립선 마사지 안 되냐고 물었다 슈퍼 울트라 개망신. 여직원 울면서 나가고 원장 언니 그만 소리 할 거면 여기 출입금지 시킬 거라 협박. 그리고 사모님한테도 말할 거라면서 내쫓았대요. 아마 벌써 사모님 귀에 들어갔을걸요. 그래서 오늘 더 기분이 최악이셨던 듯. 어쩌면 사모님께 몇 안 남은 머리털 뽑히신 듯."

다른 사람들 모두 그제야 입가에 미소를 지었지만 감히 독재자를 흉보지는 못했다. 회장님의 왼팔 격인 부장이 옆에 있었으니까.

"자, 이제 그만들 하고 얼른 들어갑시다. 업무 복귀들 하셔야죠."

부장의 말에 멈춰 있던 사람들은 다시 일렬로 걷기 시작했다.

그때였다. 저쪽에서부터 헬사장이 빠른 속도로 우리를 스쳐 달려갔다. 헬사장은 달리던 도중 잠시 멈춰 고개를 돌려 나를 쳐다보았다.

"인마, 빨리 와. 남자 사우나에서 사고 터졌어."

남자 사우나 로커룸에는 경찰 두 명과 1퍼센트의 야쿠자가 대치 중이었다. 그리고 그 사이에서 키 작은 팀장이 고개를 푹 숙이고 있었다. 오랜만에 구경거리가 생긴 헬라홀의 노인들도 모여서 웅성거렸다.

헬사장이 나타나자 1퍼센트의 야쿠자는 핏발 선 큰 눈알을 부라렸다.

"도대체 여기 관리를 어떻게 하는 거요? 오늘은 내가 열쇠를 풀러놓은 적도 없다고. 그런데도 또 돈이 없어졌어. 내 신사임당 둘어쩔 거냐고!"

헬사장이 덥석 1퍼센트의 야쿠자의 손을 붙잡았다.

"아이고, 형님. 우선 좀 흥분을 가라앉히시고요. 좀 믿어주세요. 우리 사우나에서 일하는 친구들 가난하고 보잘것없어도 다 착한 애들입니다. 봐요, 얼마나 불쌍한 애들인지. 다들 살기 힘듭니다. 그래도 남의 물건에 손대고 뭐 그런 잡놈들은 아닙니다."

순식간에 나와 팀장은 불쌍한 인간이지만 잡놈은 아닌 존재가 되었다.

"아니, 내가 돈이 아까워서 그런 게 아니야. 하지만 이거 엄청나게 기분 나쁜 일이라고. 안 그래, 사장? 나 기분 엄청 더러워."

"더럽죠, 정말 더럽죠. 생각만 해도 더럽습니다. 하지만 좀 차분하게 마음을 가라앉히시고…… 해결 방안을 찾아봐야죠."

헬사장이 슬쩍 눈치를 보더니 한마디 덧붙였다.

"혹시 댁에서 나오실 때 지갑 확인해보셨습니까?"

"황당하네. 지금 나를 어떻게 보는 거야, 당신!"

잠깐 잠잠했던 1퍼센트 야쿠자의 성질머리에 헬사장이 휘발유를 부은 격이었다.

그때 경찰이 한마디 툭 내뱉었다.

"시시티브이 확인해보셨어요?"

"남자 목욕탕 안에는 없는데요."

내가 말했다.

"아니, 프런트 쪽이요. 제가 보기에 여기서 돈이 없어지긴 힘든 상황이고요, 그쪽 한번 찬찬히 살펴보시는 게 나을 거 같은데요."

도둑은 생각보다 쉽게 잡혔다. 프런트에서 일하는 여직원 중 가장 참하고 싹싹하다고 헬라홀의 회원들에게 칭찬받는 사람이었다. 그러니까 독재자의 전립선에 대해 킥킥거린 센 언니 여직원과 정반대의 평가를 받던 아가씨였다. 헬라홀 회원님들의 이런저런 시비에도 고개 숙여 얌전히 다 지청구를 들어주던 그녀였다. 한마디 말대답도 하지 않고 친절한 미소까지 지으면서. 그런 그녀가 도둑이었다.

도둑질의 방법은 어렵지 않았다. 헬라홀 회원 대부분은 지갑에서 회원카드를 꺼내 프런트에 건넨다. 그 카드를 인식시키고 키를 건네주는 것이 여직원들의 업무였다. 하지만 그 카드마저 꺼내기가 귀찮아서 지갑을 건네주는 몇몇 회원들이 존재했다. 그리고 여직원이 카드를 인식시키는 동안 그걸 빤히 지켜보는 회원들도 있지만 몇몇은 그사이 무심히 다른 곳을 바라보았다. 그리고 보통은 두 사람의 여직원이 함께 근무하지만 상황에 따라 혼자 그곳에서 일하는 타임도 있었다. 그 모든 경우에 해당되는 사람 중에서 재수 없게 여러 번 걸린 사람이 1퍼센트의 야쿠자였다. 그가 두리번거리며 딴 곳을 보는 동안 그녀는 회원카드를 빼내면서 동시에 지폐까지 빼내 감춰두었다. 그 행동이 시시티브이에 고스란히 찍혀 있었으니 변명의 여지가 없었다.

퇴근길에 자전거를 끌고 나오다 횡단보도 앞에서 나는 프런트 여직원을 만났다. 회원님의 지갑에서 지폐를 슬쩍했던 그 여직원은 아니었다. 마사지룸에서 벌어진 독재자의 전립선 사건에 대한 비밀을 폭로했던 센 언니였다. 하지만 진한 화장을 지우고 높은 하이힐을 벗고 후드티에 운동화를 신은 그녀는 센 언니처럼 안 보였다. 키는 작아졌고 이목구비는 흐릿했고 아직 앳된 티가 고스란히 드러났다.

"지금 퇴근하시나봐요?"

내가 말을 걸자 그녀는 진한 화장을 지운 얼굴이 민망한지 후드를 덮어쓰고 내게 꾸벅 인사했다.

"오늘 남자 사우나만 그런 게 아니라 그쪽도 좀 어수선했죠?"

"네…… 좀 많이."

힐끔 나를 쳐다본 그녀는 아예 본모습을 들켰다 싶었는지 입술을 내밀고 조잘거렸다.

"뭐, 솔직히 완전 대박 무서웠어요. 지랄 강령했죠. 여탕 아줌마들 다 몰려 나와서 자기도 실은 여기서 돈 잃어버렸다고 난리난리 치시고. 회장님이 우리 휴게실에서 팔짝팔짝 뛰면서 그 언니네 집안까지 부숴버린다고 고래고래 소리 지르고. 마감할 때까지 정신 없었어요. 근데 제 생각에는요, 그 언니 그냥 보내줄 거예요."

"왜요?"

"되게 센 척하는데 우리 회장님 젊은 여자한테 진짜 약자, 완전 약자, 개약자."

역시나 독재자의 약점은 젊고 예쁜 여자였다.

"그 언니 우는 순간 회장 할아버지 개약자로 돌변. 하여튼 그래도 출근 못 하죠. 벌써 회원들한테 소문 다 났을 텐데. 사람 새로 뽑을걸요."

횡단보도 신호가 바뀌어서 우리는 함께 길을 건넜다.

"거긴 그래도 금방 뽑지 않나요? 남자 사우나처럼 오래 걸리진 않을 거 같은데."

"금방 뽑히는데 다들 몇 달 안 가서 그만둬요. 갑질 근성 완전 쩌렁쩌렁 쩌는 사람들 상대하는 게 보통 일 아니거든요. 거기도 새로 새벽조 들어왔다면서요?"

"내일부터 교육이래요. 뭐, 팀장님이 하도 지치게 만들어서 그만두겠다고 할지도 모르지만."

그리고 우리 사이에는 대화가 뚝 끊겼다.

"저기······."

횡단보도를 건넌 후에 그녀가 말문을 열었다.

"네?"

"있잖아요, 아저씨. 프런트 여직원들이 전부 똑같다고 생각하심

안 되거든요?"

"아이고, 그런 생각 안 합니다."

나는 그렇게 말하고 우리 사이에 다시 멋쩍은 침묵이 이어질 거라 생각했다. 하지만 그렇지는 않았다. 그녀는 내 얼굴을 보는 대신 정면을 바라보며 천천히 말을 이었다. 입을 다문 동안 머릿속으로 생각한 말의 실타래를 조금씩 풀어내듯 말이다.

"그런데 사람이라는 게 그렇잖아요. 진짜 잘사는 사람들 보면 뭐 그 돈 훔쳐도 티도 안 나겠다, 그런 생각 들거든요. 저처럼 학자금 대출 생각하면 잠도 안 오는 사람하고는 완전 딴 세상 사는 사람들이라서. 그리고 이럴 수 있잖아요. 회원님들 중 징그럽게 친한 척하고 토 나오게 구는 거 웃으면서 그냥 모르는 척 무시하는 것도 우리 일이거든요. 그런데 어쩌다 눈으로만 훑을 때는 진짜 괜찮게 느껴지는 남자들도 있어요. 똥배가 D컵에 푹 퍼진 두부남들 아니고 부들부들하게 부드러운 인상의 유부남이라도. 알다시피 여기 연예인처럼 관리 잘한 남자들 있긴 있잖아요. 그런 남자가 괜히 가깝게 굴면 잠깐 만날까 이런 생각 들 수도 있을 거 같아요. 왜냐면 하루 종일 서 있고 짜증 내는 사람들 상대하면 어느 순간 욕설이 막 목젖 주변에서 찰랑거려요. 그럼 어떻게든 잠깐 짜증 나는 곳에서 벗어나 달콤해지고 싶은 기분 들거든요. 잘했다는 거 아니고, 똑바르다는 게 아니고, 그냥 그런 거. 우리가 인사하는 마네킹도 아니고 감정 있는 사람들인데."

"그럼요, 그럴 수 있죠. 당연히 사람인데."

"그런데 진짜 웃긴 게 있어요."

그녀가 제법 심각한 얼굴로 나를 바라보았다.

"저는요, 그런 마음이 든다고 해서 그렇게는 못 해요. 성격이 좀 지랄맞아서 내가 밀리고 후지게 느껴지는 건 죽어도 못 해요. 가뜩이나 을인데 연애까지 눈치 보며 을로 하고 싶진 않은 거지. 근데 그 언니는 사실 저처럼 여기서 버스 타고 30분 거리에 있는 동네에 사는 사람이 아니에요."

그녀는 내 눈을 똑바로 바라보았다.

"무슨 뜻인지 알죠?"

나는 고개를 끄덕였다. 그건 도둑질한 프런트 여직원이 실은 헬라홀 회원님들에 가까운 삶을 산다는 의미였다.

"대학 다니는 동안 어학연수도 수차례 다녀오고 여기 취직한 것도 본인 말로는 그냥 집에 있으면 심심해서라고 했어요. 회원들 지갑에서 돈 훔친 것도 그냥 심심해서 그랬을 거예요. 물론 그렇게 말은 안 했지만요. 아니면 좋은 집에서 자랐는데 이렇게 프런트에나 서 있는 자신이 구질구질하게 느껴져서 그랬을 수도 있죠. 스트레스 해소였겠지. 하지만 저는 화가 나요. 그 언니는 심심해서 그랬다지만 여기 회원님들은 앞으로 당분간 우리를 다 도둑년처럼 쳐다볼 거라고요. 그건 좀 억울하잖아요?"

그녀는 자기도 모르게 순진한 사회 초년생의 표정을 드러냈다.

"엄청 억울하죠, 그거. 그 프런트 여직원이 1퍼센트 미꾸라지였네."

그 말에 그녀는 친절한 억지 미소가 아닌 스무 살의 미소를 지어 보였다. 진짜 감정을 숨기려 일부러 아이라인 짙게 그린 탄탄한 화장 아래에 감추었던 미소를.

"맞다, 저 아저씨한테 궁금한 거 있었는데……."

나는 혹시나 그녀가 내가 소설가라는 걸 들었나 싶었다. 워낙에 말이 빨리 퍼지는 곳이 헬라홀이니 말이다.

"지난번에 근처 호프집에서 본 적 있는데, 여자 친구 맞죠? 같이 맥주 마시던 언니."

"아……."

내가 머뭇거리는 사이 갑자기 그녀가 폭소를 터뜨렸다.

"저 그때 사무치게 놀람. 갑자기 그 언니한테 엉덩이 근육 보여준다고, 막 큰 소리로 그러셔가지고. 그 치킨집이 음악도 안 트는데다가 소리가 되바라지게 잘 울리는 구조예요. 진상도 이런 진상이 없구나 생각했어요. 그런데 매일 보니까 또 막 궁금해지는 거예요. 프런트 지킬 때 아저씨 세탁물 버리러 카트 끌고 나가시면 괜히 뒤태 훔쳐보고 그랬어요. 나이도 있으신데 생각보다…… 힙업에 충실하시더라고요. 나름 그 나이에 관리 짱! 우와, 어떻게 관리하셨어요?"

나는 머뭇거리다 대답했다.

"그게 말입니다. 원래 그래요. 원래…… 오리궁둥이."

운동아재

내가 오리궁둥이라면 새로 일을 시작한 오전조 사우나 매니저는 키만 훌쩍 큰 납작 엉덩이였다. 오전조의 이름은 박영수, 나와 동갑이었다. 팀장은 위계질서를 위해 서로 선후배로 존칭하라 했지만 동갑끼리 무슨, 우리는 그냥 말을 놓았다. 그렇다고 영수와 내가 죽이 잘 맞는 사이가 된 건 아니었다. 딸 바보인 영수는 소설가인 나보다 더 진지한 철갑을 두른 듯한 성격이었다.

"괜찮아, 잘, 될 거야."

창고방에서 그는 콧노래로 종종 그 노래를 불렀다. 하지만 이상하게 그가 부르는 노래를 듣노라면 활력이 차오르는 게 아니라 금방 맥이 빠졌다.

"나 말이야. 호떡 같은 인생 아닌가?"

어느 날은 창고방에서 뜬금없이 그리 물었다.

"호떡?"

"새벽에 출근해서 한창 바쁜 시간 지나면 한가해진다고. 그럼, 창고방에 와서 잠깐 쉬고 그러잖아. 사실 나는 그 시간에 책상에 머리 박고 자거든. 근데 오늘은 잠이 안 오더라. 머릿속만 막 복잡해지고. 그러다 내가 호떡처럼 여겨지는 거야. 반죽일 때는 내가 그래도 뭔가 될 거라 믿잖아. 그런데 모양이 만들어져도 그냥 기름판 위에서 꾹 눌리는 인생이잖아. 멋있지도, 대단하지도, 끝내 주지도 않고 그냥 호떡."

영수는 기흉으로 군 면제를 받고 나서 졸업하자마자 바로 건축회사에 취직한 녀석이었다. 하지만 영수는 남중, 남고, 공대를 나왔어도 건축회사의 남자 냄새 풀풀 풍기는 우격다짐 분위기와 성격이 맞지 않는 샌님이었다. 하루하루 견디기 힘들었지만 그는 5년을 말없이 버텼다. 그런 다음 5년 동안 모은 자본금에 빚을 보태 아내와 작은 수제 붕어빵 가게를 열었다. 붕어빵은 영수의 유년의 추억이 담긴 간식이었다. 일을 다니는 어머니가 매일매일 용돈으로 주는 동전으로 사 먹었던 간식이 붕어빵이었다. 하지만 추억은 추억, 현실은 현실이었다. 1년 만에 그 작은 가게가 파산하는 바람에 영수 부부는 빚더미에 앉았다. 그렇다고 건축회사로 다시 되돌아가기도 힘들었다. 영수는 반년 내내 족발 배달로 빚을 갚았다. 그의 아내는 마트에서 일했다. 일은 고됐지만 받는 돈은 푼돈이었다. 결국 그는 새벽 시간을 채우기 위해 헬라홀 남자 사우나에 사우나 매니저로 들어왔다. 영수는 그걸 반죽에서 호떡으로, 라고 압축해서 느꼈던 모양이었다.

"하지만 호떡이라도 괜찮아. 우리 복덩이가 있으니까."

그러면서 영수는 휴대폰 사진 저장함에 있는 두 돌 지난 딸의 얼굴을 바라보며 웃었다. 처갓집에 딸을 맡겨놓아서 영수는 기껏 한 달에 한 번 정도 딸을 본다고 했다.

영수가 오전조를 맡은 후로 나와 거의 두 달 만에 해후하게 된 노인들이 있었다. 오전 일찍 여기 왔다가 점심시간에 떠나는 할 일 없는 회원님들.

"어이고, 락카…… 자네, 그만둔 거 아니었나?"

"아닙니다. 그동안 계속 일했고요, 일하는 시간이 잠시 바뀌었던 겁니다. 그간 잘 계셨어요?"

"그래, 뭐 인사는 됐고 내 개인사물함 좀 열어달라고. 열쇠를 또 안 가져왔지 뭔가."

이곳에서 몇 달 일하다 보니 왜 회원님들이 우리를 '락카'라고 부르는지 알 것도 같았다. 헬라홀의 남자들에게 우리는 헬라홀 남자 사우나에서 매일 마주하는 옷장과 그리 다르지 않은 존재였다. 그저 옷을 보관해줘서 편안하고 고마운 정도의 기분이 드는 그런 인간.

하지만 '락카'의 눈으로 보는 헬라홀의 남자들도 어느 순간부터 한 종류의 기계인간으로 여겨졌다.

기종 기계인간. 상품명 운동아재.

운동아재들은 헬라홀 남자 사우나가 정해준 동선에 따라 정확히 착착착 움직였다.

　1단계, 로커룸에서 홀딱 벗고 운동복으로 갈아입기. 2단계, 헬스장·골프장에서 돌아와 식식거리며 땀에 젖은 운동복 홀딱 벗기(예외, 수영장에서 내려온 운동아재들은 목욕탕 구석 자그마한 탈수기에 수영복을 넣고 탈탈 돌림). 3단계, 목욕탕에서 샤워 후 습식 건식 사우나 번갈아 입장. 4단계, 히노끼탕이나 열탕, 냉탕에서 눈 감고 명상하거나 평소 마음에 들지 않던 회원 은근히 째려보기. 5단계, 냉탕에서 열기 식히거나 수영. 6단계, 좌식 샤워대에 쭈그리고 앉아 세안(가끔은 면도, 가끔은 눈치 보며 염색). 7단계, 파우더룸에서 세면 가방을 열고 정성껏 피부를 돌보거나, 고데기로 머리 모양을 내거나, 온몸에 보디로션을 바르느라 불편한 관절로 요가 비슷한 요상한 자세 취하기. 8단계, 사우나 가운 혹은 운동복 상의만 걸친 채 아랫도리는 홀딱 벗고 휴게실에서 텔레비전을 보며 꾸벅꾸벅. 9단계, 로커룸에서 옷을 갈아입으며 휴대폰을 꺼내 누군가와 통화 열중. 10단계, 사우나 매니저의 인사를 받고 고개만 까닥이거나 아니면 깔끔하게 무시하고 헬라홀을 떠남.

　내 생각에는 이 중 아홉 번째 단계가 운동아재들에게는 꽤 중요하지 않나 싶었다. 그들의 전화 통화는 수리가 필요한 기계인간에서 이 사회의 갑으로 되돌아가는 인식 전환 스위치가 켜지는 시그널인 셈이니까.

　헬라홀 남자 사우나에서 일하는 한 매일매일 그 운동아재들과 마주칠 수밖에 없었다. 그들은 귀에 이어폰을 꽂은 채 로커룸에서 제자리 뛰기를 하며 헉헉거렸다. 그들은 자신의 뱃살을 움켜쥐고 씁쓸한 표정을 지었다. 알몸뚱이 그대로 한국의 타이거 우즈인 양 가상의 아이언을 휘두르며 골프 연습에 몰두했다. 물론 가상의 아이언을 휘두르는 장면은 어디서나 발견할 수 있었다. 열탕 안에서, 냉탕 안에서, 심지어 건식 습식 사우나 안에서도.

나름 대단한 재력을 갖춘 남자들이 모였지만 그들의 대단함을 느끼기는 힘든 곳이 바로 여기 헬라홀 남자 사우나였다. 군사 정권 시절 사단장이었던 아흔 가까운 나이의 노인은 전화비가 아까운지 하루 한 번 꼭 스테이션 전화기로 자식들에게 안부 전화를 걸었다. 하지만 자식들은 늙은 아비와의 통화를 반기지 않는지 통화는 채 10초가 넘지 않았다. 전직 국회의원은 늘 모자를 잃어버려 찾아달라고 부탁했다. 그리 비싼 모자도 아닌데. 병원 원장은 자주 생채기가 나서 대일밴드를 붙여달라고 부탁했다. 그러면서 꼭 후시딘도 상처에 발라달라고 했다. 언젠가 한번은 엉덩이에 뾰루지가 났다며 여섯 살 꼬마처럼 엉덩이를 내민 채 거기에 약을 발라달라고까지 했다. 잘나가는 IT 기업의 대표라는 청년 실업가는 언제나 거울 앞에 섰다. 그러고는 자신의 힙업된 엉덩이를 살피려고 최대한 목을 뒤로 뺐다. 그는 자신이 대표로 있는 기업의 주가가 하락하는 것보다 힙업 운동으로 탄력을 유지하는 엉덩이가 처지는 걸 더 두려워하는 것 같았다.

저녁마다 세탁물을 가지러 올라오는 세탁실 반장님은 종종 그런 운동아재들을 흉보는 게 일이었다.

"저 양반, 저 양반이 대학교수래. 근데 꼭 수건으로 앞을 가리고 다녀. 운동복 벗을 때도 한 손에 수건 들고 한 손으로 바지 벗고 그래. 내가 또 어떤 사람이냐? 기회를 잡아 훔쳐봤다 이거지. 이 야, 그냥 거시기가 엄지손톱이야. 그럼 좀 어때? 대학교수가 부모한테 좋은 머리 물려받았으면 됐지 뭘 또 거시기까지 바래. 사람이 좋은 거 다 부모한테 받을 수 있어? 머리통이나 좆, 둘 중에 하나면 됐지. 나는 도통 이해가 안 돼. 왜 그렇게들 욕심이 많아!"

세탁실 반장님은 체구는 작았지만 목청이 우렁찼다.

주책없게 말이 많은 세탁실 반장님 때문에 나는 늘 눈치를 봐야 했다. 혹시라도 반장님의 험담이 회원님들의 귀에 들어가면 아니 되니까. 그래서 나는 회원님 중 한 명이 우리 쪽으로 다가오면 괜스레 목소리를 높였다.

"그렇죠, 욕심이 많죠. 왜 이렇게 다들 열심히 운동하시는지. 우리 같은 사람들은 그렇게 못 할 텐데 말이죠."

영수의 첫 휴무날, 마감 때까지 근무하기 위해 오후 늦게 출근한 나는 팀장에게 창고방에서 말했다.

"팀장님, 가끔 저는 AS 센터에서 일하는 기분이 들어요."

"하긴 매번 막힌 변기 뚫고, 막힌 개수 구멍 뚫고 그럼 그럴 만하죠."

"아니 그게 아니라 여기 오는 운동아재, 아니 회원님들 꼭 무슨 기계인간 같지 않아요? 그것도 좀 나사가 풀린. 마치 제가 그들을 돌보는 SF 소설 속 AS 기사 같다 이거죠."

퇴근 전 잠시 짬나는 시간에 치약 두 개의 입을 맞춰주던 팀장은 고개를 내저었다.

"난 당최 이해가 안 되네. 일이 좀 편해지니 태권 씨는 쓸데없는 생각만 많아지나봐."

"그럼, 팀장님은 여기 오는 회원님들 보면 무슨 생각 드는데요?"

"뭐, 돈 많은 사람들이 양말은 왜 훔치나 그런 생각밖에 안 들죠."

팀장은 어느새 통통하게 살이 오른 치약을 보고 흐뭇한 미소를 지었다.

"자, 전 이제 퇴근 준비합니다. 잘하실 수 있죠? 오랜만에 혼자 일하는데?"

"뭐, 이제는 눈 감고도 일하는 수준이라서."

"그래도 조심하세요. 우리가 일이 편하다고 너무 태만하게 움직이는 거 같으면 회원님들이 일부러 꼬투리를 잡을 수도 있습니다."

그리고 그날 밤 마감 전에 정말 꼬투리를 잡혔다.

마감 시간이 닥칠 무렵 나는 훌랑 벗고 헬라홀 남자 사우나 안을 정리했다. 그때 회원님 한 분이 머리를 말리다가 스윽 나를 위아래로 훑어보았다. 신도시의 유흥업소 몇 개는 주무르고 있을 법한 분위기를 지닌 큰 덩치의 홀딱 벗은 1퍼센트의 남자였다. 그가 내게 다가와 큰 목소리로 말을 붙였다.

"이봐요, 아저씨."

"네, 회원님! 불편한 거 있으십니까?"

"거기 털 좀 정리하고 다니라고. 고추 포레스트야. 흉하잖아."

그러더니 손으로 자기 배꼽 아래를 가리켰다.

"보라고. 깔끔하잖아?"

그는 뭐가 뿌듯한지 미소까지 지었다. 오지랖 넓은 1퍼센트의 꼰대가 보여줄 법한 웃음이었다.

다음 날 아침 샤워를 한 뒤 나는 물이 뚝뚝 떨어지는 알몸으로 거울 앞에 섰다. 수북하긴 너무 수북했다. 결국 쪼그려 앉아 면도기로 배꼽 바로 밑에까지 올라온 음모를 깎기 시작했다. 그런다고 내가 1퍼센트의 남자가 될 수 있을 것 같진 않았지만 깔끔해 보이기는 할 것 같았다. 새벽조 영수의 노래처럼 괜찮아 보이고 잘될 것 같기도 하고.

"아, 씨발."

면도기 날을 잘못 세워 아차, 하는 순간 쓰라림과 함께 깎인 음모 주위에서 핏방울이 배어 나왔다.

정답과 정답 아닌 남자

휴무일 오후 공과 나는 오랜만에 신도시의 산책로를 걸었다. 신도시 곳곳에는 내천을 중심으로 산책로가 거미줄처럼 이어져 있었다. 신도시마다 각각 사는 형편이 비슷한 사람들이 비슷한 지역에 몰려 살았지만 이 산책로를 걷다 보면 사람과 사람들은 뒤섞여 그저 군중이 됐다.

"새로 온 사우나 매니저는 일해보니 어때?"

옆에서 걷던 공이 물었다.

"그 녀석은 사지선다형 객관식 2번."

"2번?"

"농담이라는 걸 통 몰라. 엄청 진지해. 정답은 아닌데 더 정답처럼 구는 2번. 그리고 팀장은 헛다리 짚는 게 딱 보이는 3번이지."

"그럼 태권은 몇 번인데?"

"나는…… 팀장이 보기에 그냥 출제자가 귀찮아서 말장난으로 만든 4번처럼 보이지 않을까?"

사실 팀장만이 아니라 주변의 다른 사람들도 그리 생각했다.

왜 그런 쓸데없는 논쟁이 붙었는지 모르겠는데, 언젠가 술자리에서 복학생 선배가 얼굴이 불콰해져 이렇게 말한 적이 있었다.

"남자의 중심은 자지야! 싸지 못하면 존재의 이유가 없는 거라고……."

"남자의 중심은 항문 아니에요? 형, 생각해봐요. 싸지 못하면 아예 죽는 건데."

그 말을 듣고 왜 선배가 술잔을 내게 던졌는지 나는 통 알 수 없었다.

갑자기 공이 내 옆구리를 쿡 찔렀다.

"그럼, 정답 1번은 어떤 남자야?"

"글쎄…… 뭔가 좀 애매하다."

"그럼, 헬라홀에 정답 1번처럼 보이는 남자들이 있어?"

나는 고개를 끄덕였다.

"아, 있지. 그런 인간들 가끔, 아주 가끔 보여. 내 또래나 나보다 조금 나이 많은 것 같은데 어쩜 그러냐 싶은 존재들 있어. 매너 좋고, 깍듯하고, 여유 있어 보이고. 있긴 있다, 인정. 그게 정답 1번이겠네."

그 젊은 남자들은 헬라홀의 중장년 회원님들과는 다른 분위기였다.

그들에게서 느껴지는 인상은 악착보다 섬세함에 가까웠다. 부라는 이름의 설탕을 태어날 때부터 맛보고 자란 아이들 같았다. 그들에게 삶이란 헬라홀의 노인들처럼 가난의 진창에서 탈출하는 엑소더스가 아니었다. 헬라홀의 중장년처럼 남보다 잘났다는 걸 증명하기 위해 악착같이 성공의 정상으로 올라가는 암벽 등반도 아니었다. 그들에게 삶이란 쇼핑에 가까울 것 같았다. 비싼 것이 아니라 좋은 것들 중 좋은 것을 여유롭게 마음에 드는 걸로 고를 줄 알게 된 남자들이었다. 그런 남자가 여자에게 어떻게 느껴질지 대략 짐작은 갔다. 아마 그들은 자연스럽게 몸에 밴 매너 있는 미소와 매너 있는 배려를 갖추고 있을 터였다. 우리처럼 먹고 살기 위해 몸에 익힌 서비스형 매너가 아니라.

나는 공을 바라보았다.

"여자들은 금방 알겠지. 정답이 1번인 거?"

"알지. 그걸 왜 모르냐."

그러더니 공이 호주머니에 손을 집어넣고 고개를 갸웃거렸다.

"근데 태권, 사랑에 빠지는 게 정답을 고르는 거하고는 좀 다르더라고. 정답과 상관없이 2번 3번, 아니면 4번에 끌리는 순간이 있어. 그 보기의 문장이 너무 븅신 같은데 이상하게 자꾸 다시 읽어보고 싶어지고 그런 거지."

우리는 서로를 바라보다 가벼이 입을 맞춘 후에 다시 산책을 계속했다.

"공, 〈사랑과 살〉은 어떻게 돼가?"

공은 곧 막이 오를 그녀의 연극 〈사랑과 살〉의 막바지 연습 중이었다.

"뭐 그럭저럭. 여주인공은 불만이 많지만."

"무슨 불만?"

"내가 무대를 다 잡아먹고 있대. 그래서 살 빠진 후에 등장하는 자신과 정신과 의사와의 로맨스가 다 죽는다는 거지. 아니, 내가 자기의 내면인데 말이야. 내면이 살아야 주인공도 살지."

"공이 워낙 무대를 잡아먹는 스타일이긴 하잖아."

"아니야, 이건 내 문제가 아니라 여주인공 문제라니까. 정작 자기는 내면이 없는 연기를 보여주면서 내 탓을 하는 거지."

"사실대로 말해봐. 아무래도 공은 내면이 아니라 네 이년, 이런 타입의 역할이라고."

내 말을 듣고 공은 바람 빠진 공처럼 피식피식 웃었다.

"사실 공기가 좀 그래. 공기에서 이상한 냄새 나. 태권, 무리에서 왕따당할 때의 공기가 어떤 건지 알아?"

솔직히 그건 몰랐다.

나는 공이 학창 시절 꽤 심각한 따돌림을 당한 이야기를 사귈 무렵 이미 들었다. 다만 따돌림의 공기가 어떤 것인지 직접 느껴본 적은 없었다. 아이들은 나처럼 헛소리를 한다고 무조건 따돌리는 게 아니었다. 그냥 나는 친구들 사이에서 우스운 놈이었다. 무리와는 조금 다른 놈이지만 그렇다고 따돌림의 대상은 아니었다. 학창시절 아이들은 우스꽝스러운 존재보다 쉽게 물고 뜯을 구석이 많은 만만한 존재를 찾아다닌다. 그래야 그 연약한 존재가 버둥거리는 꼴을 지켜보는 재미가 있으니까.

공은 부모의 이혼으로 할머니와 함께 살았다. 통통하고 더럽고 냄새나는 키 작은 소녀였다. 또래 친구들은 겁 많고 늘 풀 죽어 있던 그녀를 토끼 몰듯 몰았다. 그녀가 그 친구 중 한 명에게 달려들어 물어뜯는 순간 괴롭힘의 끝이 보이기 시작했다. 수줍고 겁에 질려 아랫입술을 벌벌 떨던 여자아이의 온몸에서 독기의 아우라가 한껏 뿜어져 나오는 순간이었다. 그녀 말에 따르면 공격받은 인간은 당당하게 상대를 물어뜯을 권리가 있다는 걸 깨달은 시기이기도 했다. 그 후 공은 모두에게 그 권리를 실행하며 불량하게 굴었다. 한번 터진 입에서는 욕설이 구세주가 내려준 방언처럼 쏟아졌다. 심지어 그녀를 길러준 할머니에게도 못되게 굴었다. 모두를 물어뜯는 빌어먹을 쌍년으로 살아갔다. 성년의 날이 얼마 지나지 않은 날 공과 함께 살던 할머니는 세상을 떴다. 그 후 그녀는 계속 혼자였다. 나락으로 떨어질 때 그녀를 구원한 건 현실 아닌 가상의 무대였다. 그렇게 공은 무대 위에서 아르마딜로처럼 단단해졌다. 그녀는 가끔씩 부모와 연락하지만 그들에게 애정과 증오가 뒤범벅된 알 수 없는 분노를 느낀다고 했다. 그래서 그녀는 부모에게 각각 뼹을 뜯을 때가 있다고 했다. 자신을 버리고 떠난 부모는 현재 다 살 만한 형편의 중산층이었다. 부모의 안정적인 두 번째 삶을 보노라면 그녀는 알 수 없는 분노가 치밀 때가 있다 했다. 스스로가 이 시대의 걸림돌로 태어난 그런 기분. 그럴 때면 공은 부모에게 전화해 당당하게 삥을 뜯었다.

"뭐 별거 아닐 수도 있어. 예민해지면 원래 옛날 안 좋았던 시절의 똥내 같은 게 막 다시 느껴지고 그러는 거니까."

공의 걸음이 갑자기 빨라졌다.

"태권, 저기 가보자. 공짜로 뭐 나눠주는 거 같은데?"

공원 한 곳에 작은 부스가 설치되어 있었다. 흰 셔츠에 깔끔한 정장을 입은 남자들이 '현대백화점 오픈'이란 띠를 몸에 두르고 사은품을 나눠주었다. 옷매무새와 눈 코 입만 보면 정답 1번에 가까워 보이는 남자들이었다. 나는 그들이 나눠주는 커다란 전단지를 받아 읽다가 잠시 멈칫했다.

"백화점에서 피트니스도 운영해요?"

"네, 백화점 옆 별관에 위치해 있습니다. 아마 이 신도시에서 가장 규모가 크고 최신 시설의 피트니스일걸요."

"우와, 사우나도 있네요?"

"요즘 웬만한 피트니스에 사우나는 기본이죠."

"실내골프장은요?"

"요즘 피트니스에 대해 잘 아시네요. 꽤 괜찮은 곳의 회원이신가봐요? 실내골프장도 당연히 있습니다. 최신식이라 타격감이 죽여주죠."

물론 그 실내골프장이 헬라홀의 3층짜리 골프연습장에 비할 바는 못 될 것 같았다. 하지만 언젠가 나는 골프채를 들고 사우나에 들어온 회원님이 친한 회원에게 투덜거리는 걸 들은 적이 있었다.

"무슨 이 따위가 멤버십이냐고. 골프장이 넓으면 뭐해? 어떻게 골프연습장에서 공이 안 나와? 내가 징크스가 있어요. 이런 날은 꼭 주식이 바닥을 친다니까."

백화점이 들어서는 곳은 헬라홀 피트니스에서 지하철로 한 정거장 정도 거리였다. 그곳에 들어올 피트니스는 시설 조감도만으로도 헬라홀과 비교가 안 되었다. 헬라홀은 사실 덩치만 클 뿐 너무 늙은 곳이었다. 명목상 1퍼센트 남자들이 드나드는 곳이건만 삐걱대고, 검버섯이 잔뜩 피고, 활력이라곤 찾아보기 힘들었다. 어떤 날은 세탁물 바구니를 뒤집으면 그 안에서 누군가 버린 비아그라 약 껍질이 툭 떨어졌다. 힘쓰고 땀 빼러 왔다가 다시 약 먹고 힘쓰고 땀 빼러 떠나는 운동아재들의 쓸쓸하고 씁쓸한 허물이 그곳에 있었다.

"그럼 거기 사우나 매니저도 있겠네요?"

내 질문을 듣고 행사 전담자는 잠시 아무 말도 하지 않았다.

"있겠죠. 그런데…… 그건 어디나 있는 건데."

그는 마치 칫솔이나 비누에 대해 내가 묻는 것처럼 바라보았다.

"아니에요, 잘 모르시나보다. 요즘은 사우나에 딸린 피트니스가 다 비슷해서 진짜 고급스러운 사우나 매니저 구하는 것도 나름 메리트 중 하나인데. 영어, 일어, 중국어는 기본이잖아. 안 그래?"

공이 그리 말하고 실실 웃으며 나를 보았다. 사실 나는 일어, 중국어로 간단한 대화 정도는 할 줄 알았다. 황당한 건 그래 봤자 별로 쓸모도 없다는 거지만.

그때였다. 저쪽에서 정답 아닌 허물이 하나 나타났다. 헬라홀의 남자가 몰티즈 한 마리를 몰고서 홀로 산책로를 걷고 있었다. 올 때마다 사우나 매니저들에게 냉탕과 온탕의 온도가 마음에 들지 않는다며 눈을 부라리며 투덜대는 1퍼센트의 트집이었다.

"히노끼탕 온도 봤어요? 39도가 아니라 38도잖아요. 여기 규정이 원래 39도 아닙니까? 내가 여기 회원으로 다닌 지 10년째야. 규정이 39도 확실해. 냉탕은 또 왜 그럽니까? 왜 이렇게 온도가 높아요! 내일 이 시간에 와서 다시 온도 확인해보겠어요."

1퍼센트의 트집은 존댓말이 얼마나 재수 없게 들릴 수 있는지 확인시켜주는 존재였다.

하지만 산책로의 이 남자는 제멋대로 앞서가는 몰티즈에 몸을 맡긴 채 행복한 미소를 짓고 있었다.

"가자, 따로! 가자, 따로!"

몰티즈의 이름이 따로인 모양이었다.

나는 눈이 마주치기 전에 서둘러 고개를 숙였다.

사실 헬라홀 바깥에서 헬라홀의 회원님들이 출몰하는 경우는 생각보다 많았다. 한 도시에 살고 있으니 당연한 일이었다. 쇼핑몰에서, 지하철역에서, 길가에서 그들은 뜬금없이 나타났다. 그렇다고 내가 헬라홀의 남자들을 보자마자 상류층 좀비를 보듯 놀라 도망치는 건 아니었다.

생각해보라. 사실 내가 그들을 피할 이유가 전혀 없었다. 오히려 그들과 마주치면 쩨쩨한 복수를 하곤 했다. 사우나 매니저에게 친절한 회원님에겐 먼저 인사를 건넸다. 하지만 귀찮게 구는 회원님들은 물끄러미 쳐다보고 그냥 지나갔다. 우리는 헬라홀에서나 갑과 병의 관계이지, 길거리에서 만나면 그저 군중의 일원일 따름이니까. 그들 또한 멋쩍은 듯 시선을 피하고 서둘러 나를 피해 갔다. 하지만 이번 경우는 달랐다. 나는 1퍼센트 트집의 벌거벗은 모습을 코앞에서 본 것 같은 이상하고 민망한 기분이었다.

코털과 콧수염

"이상해. 여기 헬라홀 이발소는 왜 코털을 콧수염이라 그래?"

어느 날 영수가 창고방에서 내게 물었다.

"코털이 콧수염이래?"

그건 나도 미처 몰랐던 사실이었다.

나는 그날 파우더룸을 청소하며 슬쩍 이발소에 신경 썼다. 여기서 일하면서부터 희한하게 고막이 도청기로 샤샤샤 변하는 듯했다. 아마도 창고방에서 쉴 때도 스테이션 전화벨 소리나 회원님들이 사우나 매니저를 찾는 소리를 놓치지 않으려 애써서 그런지 몰랐다. 하여간에 이제는 헬라홀 곳곳에서 회원님들이 소곤거리는 소리까지 귀에 똑똑하게 들렸다. 회원님들이 헬라홀 밖의 누군가와 히히덕대는 통화 내용까지 전부 들리는 날도 있었다. 엿들어서가 아니라 그냥 자연스럽게 귀로 흘러 들어왔다.

언젠가 로커룸에서는 이런 말이 들려왔다.

"너 '응사'라고 아냐? 모른다고? 돈만 벌지 말고 인기 있는 건 좀 보고 살아라, 이놈아. 응답하라, 1994. 케이블 재방으로 그걸 보니까 이런 생각 들더라. 내가 왜 그때 그렇게 열심히 공부했을까. 어차피 지금 이렇게 잘 살고 있는데. 뭔가 억울하고 막 그렇더라고."

통화 내내 낄낄대던 회원님은 전화를 끊자마자 한숨을 푹 내쉬고 주먹으로 로커 문을 내리쳤다.

언젠가는 파우더룸에 앉은 두 명의 중년 남자 중 한 명이 옆 사람에게 나지막하게 속삭이는 소리가 또렷하게 들렸다.

"이번에 투자해서 몇 억이 한 번에 통장에 들어왔어. 그걸 보니까 너무 좋아서 미치겠는 거야. 큰돈이 한꺼번에 들어오는 걸 보면 막 쌀 거 같아. 그래서 내일 또 누구 만나기로 했잖아. 투자 건수 때문에. 그거 제대로 회수할 때까지는 불안해 미칠 건데, 그래도 어떡해. 그 맛에 사는데."

헬라홀 타워에 입주한 치과 병원의 원장이 로커룸에서 벌거벗은 동갑내기 골프 친구에게 나지막하게 쑥덕거리는 말 역시 모두 들렸다.

"나 언제까지 영감탱이들 썩은 잇몸에 임플란트나 박으며 살아야 될까? 이런 운명 슬프지 않아? 평생 입 냄새 맡으면서 돈 벌어야 하고. 여기 오는 영감탱이들 이빨 다 내가 손봐줬다. 그렇게 겨우 번 돈 뜯어 가는 양아치 같은 동생이 셋이야. 아니, 지금 같은 글로벌 시대에 왜 장남이 아직까지 호구냐고? 강남에 빌딩 두세 채씩 가지고 있는 놈들은 얼마나 살기 좋을까? 골프 치러 다니다가 그냥 스마트폰으로 통장 잔고나 확인하면 되고. 세상 참 불공평해."

그리고 이발소의 사장님은 정말 영수의 말대로 회원님에게 나직하게 속삭였다.

"회장님, 콧수염이 좀 자랐네요. 제가 잘라드릴게요."

그러고서 엄지와 검지로 콧방울을 잡은 다음 작은 가위를 콧구멍에 스윽 집어넣었다.

물론 그 호호백발 회원님에게 콧수염은 없었다. 콧구멍 밖으로 무람하게 삐져나온 몇 가닥의 코털만 있었겠지.

나는 그날 오후 출근한 팀장에게 헬라홀의 코털이 콧수염인 이유를 아느냐고 물었다.

"그래요? 그건 나도 처음 알았네. 그런데 그게 왜 그리 궁금하죠? 코털이건 콧수염이건 우리하고 아무 상관도 없잖아요. 우리가 회원님들을 코털이나 콧수염으로 부를 일도 없는데."

다음 날에 출근한 나는 영수에게 알려주었다.

"네 말이 맞더라고. 코털이 여기선 콧수염이야. 그런데 그게 왜 궁금한 건데?"

창고방에서 꾸벅꾸벅 졸고 있던 영수는 눈을 비비며 대답했다.

"그냥 그거 좀 웃겨서. 내가 밋밋한 얼굴이라 대학 때 잠깐 콧수염 길렀거든. 그때 다들 코털 좀 깎으라고 구박했어. 그런데 여기는 코털마저 콧수염으로 대접받는 세상이네, 되게 신기하다, 뭐 그래서."

그는 그렇게 말하고서 다시 책상에 엎드려 눈을 감았다.

영수의 평균 수면 시간은 하루 세 시간 남짓이었다. 그는 꿈속에서 아장아장 걷는 딸을 보면 좋겠다고 생각했지만 꿈꿀 여유조차 없다고 했다. 영수는 목욕탕 출입구 발매트 위에 덧씌우는 커다랗고 도톰한 분홍 수건을 베개 삼아 다시 잠을 청했다.

그날 오후 나는 창고방에서 쉬면서 할 일 없이 낙서나 끼적였다.

코털: 자네, 자네는 코털 아니신가?

콧수염: 뭐 이런 정신 나간 놈이 있어. 인마, 코털이 어디 콧수염 보고 코털이라 불러. 나는 코 밑에 난 털이고, 너는 콧구멍 안쪽 콧물하고 엉겨 사는 털이야. 우린 태생부터가 달라.

코털: 아니, 그래 봤자 자네도 코 밑의 털 아니신가? 그러니 우리 모두 코털 아닌가 이 말이지.

콧수염: 이거 정말 개념 없는 녀석일세. 아무리 같은 털이라도 어찌 그리 자기 주제를 모르고 날뛰는가?

코털: (저쪽에서 걸어오는 또 하나의 코털을 보고) 어이 코털, 반갑네.

코털2: 누구신지? (콧수염을 향해) 아이고, 건강하시죠?

온전히 내가 창작한 대화는 아니다. 어느 철학자의 철학서에 인용된 서양식 유머를 헬라홀식으로 고쳐 쓴 대화다.

코털을 정중히 콧수염으로 지칭하는 헬라홀은 슬프게도 나날이 코털이 되어갔다. 콧수염은 스타일을 위해 다듬는다. 하지만 코털은 더러우니까 잘라낸다. 지금 헬라홀 남자 사우나가 딱 그 짝이었다. 능력 있는 남자들이 드는 멤버십이라기엔 너무 방자할 만큼 곳곳에서 코털이 삐져나와 있었다.

헬라홀의 남자들은 자신들이 드나드는 헬라홀이 코털이 되어가는 걸 참을 수 없어 했다. 그래서 틈만 나면 우리들을 불러 헬라홀의 코털들을 지적했다.

로커룸에서 바쁘게 옷을 수납하는 나를 손짓으로 부른 회원님도 마찬가지였다. 그는 숱 많은 백발의 머리 덕에 나이에 맞지 않게 우아한 가운데 가르마를 탈 수 있는 복 받은 노인이었다. 배가 불룩 나오기는 했으나 팔다리 또한 옛날 사람 같지 않게 길쭉하니 시원했다. 젊었을 적에 문고판 『젊은 베르테르의 슬픔』을 들고 다녔을 법한 선 고운 문학소년 도련님 상이었다. 하지만 이 도련님은 세월의 무상함 속에 살이 빠져 볼은 강팔라지고 매부리코만 도드라졌다. 반면 눈 밑에는 두둑한 지방층을 얻었다. 그리하여 지금은 하얀 가발만 이어 붙이고 하얀 콧수염만 코밑에 붙이면 영화 〈반지의 제왕〉의 못된 마법사 사루만처럼 보이기 딱 좋았다.

1퍼센트 마법사의 불만성토 방식은 사료회사 회장님의 운전기사 오녀와 비슷한 듯 달랐다. 오녀는 잽을 치듯 짧게 불만을 토하고 사라졌다. 반면 마법사는 클린치하듯 우리를 계속해서 붙잡고 놓아주지를 않았다.

"바지, 바지, 이거 하마 엉덩이에나 맞는 바지!"

"죄송합니다."

"운동복 목 좀 보라고. 축 늘어진 게 젖꼭지까지 다 보이겠다."

"죄송합니다. 새 옷이 빨리 빠져서요. 남은 게 그것밖에 없습니다."

나는 재빠르게 사라지고 싶었지만 그럴 수가 없었다.

1퍼센트의 마법사가 어수선하게 내 주변을 빙빙 돌았다.

"그리고, 천장, 천장, 이건 정말 어쩔 건데?"

천장, 천장은 정말 변명의 여지가 없는 코털이었다.

나도 목욕탕 안을 정리하다 가끔 천장을 올려다볼 때면 식겁했다. 흰색 페인트를 칠한 천장 곳곳에 검은 곰팡이가 그득했다. 곰팡이가 무성하지 않은 곳을 찾기 어려울 지경이었다. 독재자 또한 목욕탕 천장을 올려다볼 때면 저절로 눈이 커지면서 헛기침을 하곤 했다.

모든 잘못은 사실 독재자에게 있었다. 그는 처음 헬라홀 피트니스를 지을 때 겉모습이 콧수염처럼 멋지게 보이는 것에만 신경 썼지 차후 코털 관리를 어떻게 할 것인가는 상관하지 않았다. 안 그랬다면 목욕탕 천장을 쉽게 녹이 스는 철판으로 정했을 리가 없다. 습기 많은 목욕탕 천장이 철판으로 되어 있으니 처음부터 흉물이 될 운명이었다. 이곳의 역사와 함께한 이발소 사장님 말에 따르면, 시간이 흐를수록 천장에 번지는 녹이 점점 더 심해지자 어느 날 독재자는 천장을 흰색 페인트로 덮어버렸다. 그러나 그런 그를 비웃기라도 하듯 그 위에 시커먼 곰팡이가 피기 시작했다. 세탁실 반장님은 몇 년에 한 번씩 곰팡이투성이가 된 목욕탕 천장을 다시 흰색 페인트로 칠하는 닭대가리 짓을 하지만, 그래 봐야 천장이 말끔하게 유지되는 기간은 길어야 두 달, 어떤 때는 한 달이 채 안 된다고 했다. 대한민국 고질병인 겉만 번지르르한 부실 공사가 헬라홀에서도 벌어지는 셈이었다.

"네, 저희도 빨리 조치를 취하려고 노력 중에 있습니다."

"노력? 노오력? 또 페인트칠해서 덮으려고? 그거 얼마나 간다고. 작년에도 그랬다가 겨우 두 달쯤 갔나?"

그는 자신의 분노를 참을 수 없는지 눈을 질끈 감은 채 목에 건 수건으로 이마의 땀을 닦았다. 그사이 나는 슬그머니 하지만 빠른 걸음으로 숨어 있긴 좋은 창고방으로 향했다.

팀장은 창고방에서 스마트폰으로 동영상을 보고 있었다. 그는 슬그머니 스마트폰을 감추었다.

"아니, 뭘 보고 있는데 얼굴이 빨개져서 그러세요?"

"아니, 개…… 영상입니다."

"개처럼 하는 거요?"

"아니, 아니. 애완견 영상."

팀장은 부끄러운 듯 스마트폰을 보여주었다.

화면 속에서 치와와 한 마리가 주인이 준 간식을 잽싸게 받아먹고 있었다.

"이걸 왜 보고 있어요?"

"태권 씨도 보세요. 마음이 편안해집니다. 난 여기서 일하면서 사람에 질렸어요. 그래서 이걸 보면서 마음을 다스립니다."

"하긴 저도 질렸어요."

그러면서 방금 전 로커룸에서 벌어졌던 사건에 대해 투덜거렸다.

"그 영감님만 탓할 수도 없어요. 사실 저 정도면 천장을 뜯어내는 수밖에 없는 게 맞죠."

"그걸 할까요?"

"웬만하면 안 하겠죠. 한두 푼 드나, 어디. 그냥 회원들이 우리에게 냅다 쏘아붙이고 유야무야 넘어가길 바라겠지."

"이야, 우리보고 완전 총알받이 하라 이거네!"

스테이션 의자에는 회원님들이 쓰는 혈압계가 하나 있었다. 이놈도 믿을 놈은 아니었다. 뜬금없이 최고혈압 200을 찍었다가 다시 재면 130으로 훅 떨어졌다. 내가 봐도 제정신이 아닌 혈압계였다. 하지만 위에서 이 혈압계를 갈아주지 않을 게 뻔하기에 우리는 늘 둘러대야만 했다.

"이거 혈압이 왜 이렇게 낮게 나와?"

"회원님, 원래 사우나 하시면요, 혈액순환이 엄청 원활해져요. 그러니 당연히 혈압이 내려가죠. 피의 압력이 줄어드니까."

"지난번에는 엄청 높게 나오던데?"

"아, 뜨거운 사우나에서 너무 오래 계셨구나. 그러다 바로 나오셨죠? 아직 심장이 벌렁벌렁하니까 혈압도 벌렁벌렁한 거죠."

"아, 락카 청년 헛소리 좀 그만해! 어디 회원님들을 속여먹으려고 그래. 이거 고장 난 기계야!"

"회원님, 아닙니다. 저희 한 달에 한 번 혈압계 손봅니다."

물론 혈압계에 붙어 있는 자그마한 전자시계가 느려지면 팀장이 손을 보긴 했다.

"그리고요, 제가 어디서 들었는데요, 혈압이란 게 생각보다 되게 예민한 거래요. 그래서 정확한 혈압을 재려면 병원에 가야 한다고 하더라고요."

"락카 청년, 내가 강남의 유명 성형외과 원장이네."

다행히 그 회원님은 나를 비웃듯 입꼬리를 슬쩍 올리고서 그렇게만 말하고 사라졌다.

하지만 그렇지 않은 회원님이 더 많았다. 그러니까 전날 로커룸에서 천장 문제로 내게 시비를 걸었던 1퍼센트의 마법사 같은 분. 그는 이번에는 스테이션 의자에 앉아 거품타월을 접고 있는 내 앞에서 혈압계에 손목을 집어넣고 입술을 쑥 내밀었다. 나는 목례만하고 말없이 거품타월을 접었다. 책상 하나를 사이에 두고 서로 침묵을 지키는 검사와 피의자 같은 미묘한 긴장감이 흘렀다.

"천장, 천장, 목욕탕 천장."

'몰라, 몰라, 나도 몰라.'

물론 그렇게 대답할 수는 없었다.

"죄송합니다. 곧 조치하겠습니다."

"너 인마, 그렇게 회원들 우습게 보다 크게 다친다."

"상부에 꼭 보고 올리겠습니다."

나는 눈을 내리깔고 거품타월만 고이 접었다. 이제 남은 건 다섯 장, 그것만 고이 접으면 나빌레라, 거품타월을 들고서 일어설수 있었다.

그때 1퍼센트의 마법사가 혈압계가 물고 있는 팔이 아닌 반대쪽 팔을 치켜들었다. 내가 고개를 들자 그는 긴 손가락으로 우아하게 흘러내린 백발의 머리카락을 귀 뒤로 넘겼다.

"그거 아나? 여기 회원 중 한 사람이라도 시청에 고발하면 여기 끝이야. 영업 정지 6개월 땅땅! 그럼, 어떻게 될까?"

'저희는 휴가죠.'

라고 대답할 수는 없었다.

"아니, 고발할 필요도 없지. 혹시 그거 아나? 요 근처에 최고급 시설 피트니스 들어온다는 거. 백화점에서 운영한다던데. 그럼 여기 아무도 안 온다. 다 글로 가뻐리지. 우리나라 사람들이 원래 그래. 옆에 사람 가믄 다 가지."

접지 않은 거품타월은 단 두 개였다.

나는 씩씩한 목소리로 대답했다.

"네, 곧 조치하도록 노력, 노오력하겠습니다."

헬라홀 남자 사우나에서 우리의 공격 방법은 그게 전부였다. 나비처럼 날아 벌처럼 쏠 수는 없었다. 다만 콧구멍 밖으로 빠져나와 있다가 사람이 가위를 집어넣으려는 찰나 숨어버리는 희한한 코털처럼, 사라질 수 있을 따름이었다.

나는 그런 코털이 되고자 했다. 하지만 내가 일어서려는 순간에 접어놓은 거품타월들이 바닥으로 우르르 떨어졌다.

"으이, 답답하다. 락카, 네가 무슨 사람 아니고 고장 난 옷장이야. 왜 자꾸 사람 말을 말로 안 듣고 제대로 된 말을 안 해?"

"죄송합니다."

1퍼센트의 마법사는 투덜거리더니 로커룸 쪽으로 사라졌다.

나는 바닥에 엎드려서 거품타월을 줍기 시작했다. 그때 회원님 한 명이 거품타월을 한 움큼 주워 스테이션 책상 위에 올려놓았다.

"감사합니다."

나는 거품타월을 주우며 고개만 까닥였다.

"어이, 좀 깎아봤어? 고추 포레스트."

방금 막 마사지실에서 나왔는지 얼굴은 물론 똥배까지 아로마 오일로 번질번질한 1퍼센트의 꼰대였다. 그가 나에게 말을 건넨 건 지난번 내 배꼽 아래 수풀에 대해 시비를 건 후 처음이었다. 그는 휴게실에 사람들이 몇 안 되는 걸 확인하자 내게 나직하게 말했다.

"여기 다 또라이들이야. 그러니까 포레스트, 일일이 신경 쓸 필요 없다고."

"아닙니다."

"아니긴 뭐가 아닌데? 개또라이와 상또라이가 있어. 개또라이는 지도 또라이고 남들도 또라이인 줄 아는 놈이고, 상또라이는 지만 빼고 다 또라이인 줄 아는 거지. 나는 그냥 개, 아까 그 영감 같은 놈들은 상."

그는 그리 말하고서 나폴레옹처럼 턱을 쳐들었다.

"물론 여기서 일하는 포레스트 같은 사람은 우릴 고객으로 대해 야지 또라이로 보면 안 된다고. 내가 또라이지만, 그대에게 또라 이는 아닌 거지. 내 뜻 이해해?"

"그러니까 여기 오시는 분들은 모두 저희한테는 회원님이시 죠."

"이해력이 좋네. 그럼 된 거지."

그는 그렇게 말하고서 목욕탕으로 향하려다 뒤돌아서 다시 나 를 봤다.

"그런데 포레스트는 처음부터 포레스트는…… 목욕탕에서 일 했어? 아직 젊어 뵈는데?"

"아, 그게 저는……."

처음으로 내 과거에 대해 물어보는 회원님의 등장이었다. 그가 은밀한 눈으로 나를 위아래로 훑었다.

"포레스트, 중국 집이 어디야?"

"중국집이요? 여기 배달 안 되는데……."

"아니, 중국서 일하러 온 거 아니었어? 밤에 사람들 다 있는데 막 벗고 일해서 난 중국에서 온 조선족인 줄 알았지. 원래 그쪽 애 들이 남들 시선에 거리낌이 없잖아."

"아니, 그런 건 아니고요, 저는 원래 글 쓰던 사람입니다."

1퍼센트의 꼰대가 큰 덩치에 비해 자그마한 앵두입술을 오므리며 고개를 끄덕였다.

"오, 그런 사람이었어? 뭘 써?"

"소설 같은 거……."

"야한 거야? 야한 생각 많이 하면 머리카락이 많이 자란다던데. 그럼 야한 글 쓰면 거기가 막 무성해지나?"

"아니, 뭐 그렇게 야하지는 않았고요."

"그럼 망하겠네. 섹스도 안 하는데 팔리겠어."

섹스는 했다. 야하게는 안 했을지 몰라도 실생활과 달리 글 속에선 뭔가 진지하게 하긴 했다. 모텔 방 침대 시트를 허리 아래 두르고 명상하는 간디나 콘돔을 손에 쥐고 고뇌하는 공자처럼.

"그럼 혹시 대하소설 써?"

"아니죠, 저를 너무 대단하게 보시네요. 제가 무슨 조정래 선생님도 아니고……."

"아 그래, 그 정도는 아니겠지. 대단한 분이야. 돌아가신 게 아쉽지."

나는 뭐라 말할지 몰라 빤히 그를 바라보았다.

"그『토지』쓴 소설가가 조정래 아니야?"

나는 아무 대답도 하지 않았지만 이미 내 표정을 읽은 듯했다.

"씨발 그래. 난 그런 거 잘 몰라.『토지』를 누가 썼든 알게 뭐냐고? 하지만 대한민국 노른자 땅이 어딘지 나만큼 잘 아는 사람은 없어. 그럼 된 거 아니야? 그럼 된 거지, 소설가?"

"네, 맞습니다."

그는 내 어깨를 툭툭 쳤다.

"그래, 고생하고. 다음에 또 보자고. 거품타월 남은 거 잘 접으시고."

그렇게 사라진 회원님은 헬라홀을 드나드는 다른 남자들과는 달랐다. 무언가 자신의 겉모습을 교양으로 감싸고 속내를 보이지 않는 회원님들과 반대였다.

다음 날부터 나와 마주치면 그는 마구마구 떠들기 시작했다. 그의 인생은 돈과 여자, 그리고 돈으로 살 수 있는 것이 전부였다. 아, 그게 아니면 다이어트. 그는 내면이 거의 없는 중년처럼 보였지만 외면에는 엄청나게 신경을 썼다. 애마인 대형 BMW는 사랑하지만 대형 똥배는 그의 부유한 1퍼센트 생을 불행하게 만드는 근원이었다.

일꼬의 법칙

1퍼센트의 꼰대. 나와 공은 그를 일꾼이라 부르다 발음하기 귀찮아 음운을 탈락시켜 그냥 일꼬라 칭했다. 한번 말문이 트인 일꼬 회원님은 꼬꼬댁 수탉처럼 내 앞에서 시끄러워졌다.

언뜻 보기에 그는 그 나이 또래의 평범한 부장님과 별반 다르지 않은 캐릭터였다. 남 말은 흘려듣고 자기 자랑에만 바쁜 중년 사내 말이다. 하지만 일꼬 회원님이 평범한 부장님들처럼 찌든 머릿내 풀풀 풍기는 존재는 아니었다. 그에게선 늘 두피에 뿌리는 상쾌한 탈모 방지 토너 냄새가 났다. 그가 미제라고 자랑하는 그 토너는 로키산맥 삼나무 성분을 추출한 피톤치드 성분이 가득한 제품이었다.

당연히 이 사내의 자랑거리 또한 일반적인 부장님들의 것과 달랐다. LA갈빗집 옆이 아닌 LA 옆 신도시에 부동산을 소유한 부장님이 많지는 않을 테니까. 그는 은퇴 후 꿈의 도시인 그 LA 옆 신도시에서 말년을 보내는 나날을 꿈꾼다고 했다.

그의 푸념마저 내가 봐오던 인간들의 그것과 달랐다.

"내가 여기 헬라홀 뒤에 있는 72평 아파트에 입주할 때 시세가 20억이었다고. 다시 그 가격 받긴 좆빠지게 힘들어. 내 인생 최대 판단 미스. 하지만 뭐, 장점은 있지. 사무실이 이 근처고 하니까 편하게 출퇴근은 해…… 뭐, 그럼 된 거 아냐?"

'된 거 아냐?'는 바로 이 일꼬 회원님의 법칙이었다. 자기 말을 주절주절 늘어놓고 마지막에 그 말을 덧붙일 때면 나폴레옹처럼 턱을 쳐들었다. 그 말 한마디면 자신의 말이 모두 정답이 된다는 듯 거들먹댔다. 혹은 '된 거 아냐?'는 자신이 그만큼 여유가 있는 사람이라는 걸 드러내는 일종의 수사법과도 같았다.

"72평이 상상이 가? 현관문을 열고 딱 들어가면 넓은 운동장이 눈앞에 있는 거야. 텔레비전도 80인치는 넘어야 그 사이즈 격에 맞아요. 그럼 된 거지."

"80인치 평면이면 눈 아프지 않아요?"

"이 사람 이거 글 쓴다더니 아는 게 없네. 그 정도면 평면 아니고 당연히 곡면이지. 기술이 달라. 그게 가격이 3천이 넘어가는데…… 물론 나는 싸게 샀지. 제 가격에 사면 그게 바로 호구라고. 다 싸게 사는 방법이 있어요. 뭐, 그럼 된 거 아냐?"

돈과 여자에 있어서도 그 법칙은 마찬가지였다.

"아니, 돈이면 살 수 없는 게 어디 있어. 돈만 있으면 세상의 예쁜 여자는 다 살 수 있는데. 그럼 된 거 아니야? 안 그래 소설가? 그런 이야기 소설에 쓰면 안 되나?"

"되긴 하는데 회원님, 독자들은 뇌가 섹시한 남자가 아니라 뇌가 없는 남자로 생각하겠죠."

"그거야 뭐 다들 부러워서 그러는 거 아닌가?"

휴게실 소파에 앉아 늘 종편과 골프에 채널이 고정된 헬라홀 텔레비전을 보면서도 그 법칙은 이어졌다.

"나 대학 때 생각난다. 교문을 나서는데 전경들이 쫘악 깔려 있데. 애들은 막 돌 던지고 그러는 거야. 그 돌에 괜히 맞으면 아플 거 같잖아. 그래서 친구들 몇 명 꼬드겨서 당구장에 가서 시위 끝날 때까지 다마나 쳤지. 뭐, 그럼 된 거 아냐?"

된다, 된다, '된 거 아냐?'의 법칙을 신봉하는 일꼬 회원님은 그렇다고 스스로를 우익으로 생각하지는 않았다.

언젠가 그는 아로마 오일로 번들거리는 똥배를 드러내고 휴게실 소파에 앉아 종편 채널 TV조선을 보다가 혀를 끌끌 찼다.

"저런 꼴통 우파 새끼들. 나 같은 중도가 보기에 쟤네들 좆나 시끄러워."

그 옆에서 알짱거리던 나는 놀라서 두 눈을 깜빡였다.

"잠깐, 회원님께서 그러니까 중도시라고요?"

"당연하지, 소설가. TV조선은 우파, MBN은 좌파, 나는 중도. 그럼 된 거 아냐?"

JTBC는 물론 헬라홀 휴게실 텔레비전에서는 거의 삭제된 채널이나 마찬가지였다. 기껏해야 JTBC3으로 스포츠 중계를 보는 회원님들이 있을 따름이었다.

스스로를 헬라홀의 중도라고 칭하는 이 남자의 사무실은 헬라홀에서 멀지 않은 곳에 자리했다. 겉모습에서 풍기는 분위기와 달리 그는 이 신도시의 나이트클럽이나 단란주점으로 돈을 번 건달형의 검은 양복 부자는 아니었다. 나름 화이트칼라 엘리트인 일꼬회원님의 직업은 경매 사무소 대표였다.

물론 그의 고객은 평범한 개미들이 아니었다. 그는 1퍼센트 내에서도 0.1퍼센트에 가까운 사람들을 상대했다. 그러니까 일꼬 회원님은 1퍼센트의 에센스가 아니라 1퍼센트의 로션에 불과했다. 그는 경매로 나온 부동산을 싸게 사서 고객들에게 '곧 된다'는 프리미엄을 붙여 팔았다. 물론 평소에 그 작업을 위해 고객들에게 자잘한 투자 정보를 흘려주는 건 기본이었다.

일꼬 회원님께서 헬라홀 회원님들을 빈정대는 건 그런 까닭인지 몰랐다. 그와 나의 삶은 하늘과 땅 차이지만, 1퍼센트에게 시달리고 비굴하게 굴어야 하는 건 마찬가지니까.

하여간에 그는 남자 사우나에 나타나자마자 늘 내게 말을 걸었다.

팀장은 별일이 다 있다는 듯 고개를 갸웃거렸다.

"이상하네요. 원래 우리한테 친절하게 말 거는 회원님이 아닌데."

"뭐, 은밀한 부위를 다루는 법을 공유한 사이라."

말은 그리했지만 대충 알 것도 같았다.

1퍼센트 꼰대에겐 자신의 부를 자랑할 만한 사람이 필요했을 것이다. 이곳의 회원님들에게 그런 말을 하기는 좀 낯간지러울 게 뻔했다. 그들에겐 맨 정신에 자신의 부를 자랑하는 인간들을 천박하게 바라보는 시선이 존재하는 것 같았다. 그러니 내가 만만한 적임자였다. 가진 것은 없어도 소설가라서 자신이 말하는 부의 짜릿함을 쉽게 상상할 수 있을 거라 여겼겠지.

공은 일꼬 회원님이 고독해서 그러는 거라고 했다.

"그렇게 돈 많은 남자가?"

"그렇다고 고독하지 않은 건 아니란다, 인간이."

일꼬 회원님은 내게 명함을 주며 자기 사무실에 놀러 오라는 말까지 했다. 결국 오후에 출근하는 날 잠시 일꼬 회원님의 사무실에 들렀다. 헬라홀의 회원님이 밖에서는 어찌 살고 있는지 궁금하기도 했으니까.

위압적인 대형 빌딩에 자리한 일꼬 회원님의 사무실은 생각보다 규모가 작았다. 하지만 그 안에 있는 대표실은 꽤 컸다. 그곳에서 만난 일꼬 회원님은 헬라홀에서 봤을 때와 많이 달랐다. 늘어진 운동복 차림이나 벌거벗은 모습이 아니라 정장을 갖춰 입고 있어서만은 아니었다. 그의 책상에 놓인 크리스털로 만들어진 대표이름의 명패 덕도 아니었다.

일꼬 회원님은 여직원에게 낮게 내리깐 목소리로 커피 두 잔을 주문했다. 싸늘하진 않지만 감정 없이 나직한 명령만이 느껴지는 희한한 어조였다. 헬라홀에서는 한 번도 듣지 못한 그 어조가 내가 한 번도 접해보지 못한 진짜 1퍼센트 남자들의 목소리가 아닐까 싶었다.

여직원이 커피를 가져오자 그는 회전의자에 앉아 노트북으로 연신 주식 시세를 살피며 자신이 살아온 삶에 대해 조곤조곤 털어놓았다.

그는 사업을 하기 전에는 은행에서 대출 업무에 종사했던 남자였다. 그러니까 대학 졸업 후부터 지금까지 계속 돈의 흐름을 타며 살아온 남자였다.

"나 같은 사람을 흔히 머니 서퍼라고 하지. 돈의 흐름이란 게 파도하고 비슷해. 그래서 투자와 회수의 물결을 본능적으로 타고 넘어야 해. 부동산, 주식, 선물, 그 외 다른 투자 정보들을 그런 식으로 넘나들며 재산을 불리는 거야. 하지만 헛디디는 순간 그냥 죽는 거지."

진지한 목소리로 그 말을 할 때는 '된 거 아냐?'의 법칙을 붙이지 않았다.

"소설가는 왜 그렇게 살아?"

일꼬 회원님이 손에 턱을 괴고 물었다.

내가 아무 대답이 없자 재빠르게 손사래를 쳤다.

"아니, 언제부터 인생이 꼬인 거냐고."

'그건 아마 처음 소설가가 됐을 때부터?'

라고 농담하고 싶지는 않았다. 이상하게도.

그때 그의 스마트폰으로 전화가 걸려왔다.

"잠깐, 전화 좀 받고."

그는 친절한 목소리로 상대와 의례적인 대화를 주고받다 전화를 끊었다.

"고교 동창인데 국회의원이야. 이번 초선. 지난번 선거 때 돈 좀 융통해달라고 어찌나 귀찮게 굴던지…… 지금도 인맥 차원에서 남겨두고 있는 거지. 이놈이 또 나중에 어찌 될지 모르니까. 똥파리 한 마리가 어쩌다 운이 좋아 톱 오브 톱에 오를 날이 올지도 모르니까, 우선 킵."

그는 스마트폰으로 가볍게 책상을 툭툭 쳤다.

"그러고 보면 세상 참 재밌어. 이 녀석 서울대 가고 결국 국회의원까지 됐단 말이야. 나는 재수했는데 서울대 못 가고 그냥 서울에 있는 대학 갔어. 근데 내가 원래 어렸을 때부터 이재에는 좀 밝았어요. 지금 봐, 녀석이 나한테 굽실거리잖아."

그러고서 낮은 목소리로 덧붙였다.

"그럼, 된 거 아냐?"

그는 실없이 웃더니 사장 자리에서 내려와 내 맞은편 소파에 걸터앉았다. 그는 빤히 나를 바라보았다.

"소설가, 혹시 그 일 그만두고 내 밑에서 일할 생각 없어? 내 개인 운전기사가 한 달 전에 그만뒀거든."

"운전기사요?"

"그래, 운전만 잘하는 운전기사 의미 없더라고. 그 녀석이 워낙 꼴통이라 내가 속 좀 끓였거든. 오냐오냐 하니까 버릇없이 기어오르고. 사고도 몇 번 쳤고. 그래서 월급 깎는다고 몇 번 윽박질렀더니 그 새끼 더럽다고 나가더라. 역시 전문대 출신이라 배운 게 없으면 참을성도 없어."

하지만 배운 게 많은 일꼬 회원님도 참을성이 없긴 마찬가지였다. 헬라홀에서 보노라면 그의 감정 상태는 늘 등락을 반복했다. 어딘가로 전화를 걸어 호통을 치다가 전화를 끊자마자 나를 불러 전날 밤 술자리에서 부른 아가씨가 얼마나 미인인지 실실 웃으며 자랑하곤 했으니까.

"그 목욕탕에서 푼돈 받으면서 일하는 거보다 낫잖아. 거기보다 값도 잘 쳐줄 생각이야. 일도 편하지 뭐. 여러 사람 눈치 볼 것 없이 내 차만 잘 운전해주면 되고. 아니, 소설가가 언제 외제차 한번 몰아보겠냐고. 서로 상부상조 아닌가? 소설가는 좀 더 나은 일자리 얻어 좋고, 나는 지식인 운전기사 얻어서 기분 좋고. 그럼 된 거 아냐?"

하지만 나는 이게 과연 좋은 일자리인지 판단이 서지 않았다. 이 등락을 반복하는 1퍼센트 남자의 성격을 통으로 다 받아주는 일보다야 헬라홀에서 설렁설렁 일하는 게 더 편했다. 그러니까 내 알량한 자유를 일꼬 회원님의 경매 사무소로 싼값에 넘기고 싶지 않았다.

"뭐, 천천히 생각하라고. 지금 당장 결정하라는 건 아니니까."

그날 나는 자리에서 일어나기 전에 무료 티켓 두 장을 건넸다.

"이건 뭔데?"

"그냥 오기는 좀 뭣해서요. 여기 신도시 소극장에서 연극 공연이 있거든요. 제 여자 친구가 여주인공이고요."

그는 미간을 찌푸리며 내가 건네준 연극 티켓을 찬찬히 훑어보았다.

"뭐 이런 걸 다. 사랑과 살? 이거 막 다 벗고 서로 찌찌 만지고 그러는 거야? 재밌겠는데."

그러더니 그는 자리에서 일어났다.

"연극 좋아하면 내 책상 서랍에 오페라 무료 티켓 많이 있는데 몇 장 가져갈래? 시에서 하는 클래식 공연 무료 티켓 같은 거 엄청 많이 받거든. 나는 오페라 싫어해. 뚱뚱한 소프라노가 소리 지르는 거나 마누라가 큰 소리로 바가지 긁는 거나 큰 차이를 못 느끼겠어."

며칠 후 공이 뚱뚱한 원혼으로 등장하는 연극이 시작되었다. 연극의 제목은 공연을 며칠 앞두고 '사랑과 살'에서 '미녀, 울다가 웃다'로 바뀌었다. 나는 그녀의 첫 공연 날을 휴무일로 잡아두었다.

연극은 생각보다 흥미진진했다. 극 초반 무대에는 공 혼자뿐이었지만 웃음과 공포가 탁구공처럼 재빠르게 오갔다. 다만 여주인공이 다이어트에 성공하자 연극은 금방 지루해졌다. 그리고 공은 더 이상 무대에 오르지 않았다. 여주인공이 괴물 같은 내면에게 고통받는 장면은 모두 사라졌다. 그 대신 여주인공의 간단한 독백과 달콤한 로맨스 장면만 이어졌다. 여주인공의 목소리는 처음부터 끝까지 징징거렸다. 상대역인 정신과 의사는 나비넥타이만 매면 나이트 삐끼에 더 잘 어울릴 것 같았다. 공은 연극이 끝나갈 무렵 딱 한 번 무대에 다시 등장했다. 그녀는 검은 베일을 머리에 쓰고 천천히 무대를 한 바퀴 돈 다음 사라졌다. 하지만 내 생각에 그녀의 퇴장은 계획보다 조금 늦어진 것 같았다. 무대의 연인이 행복한 표정으로 입을 맞추는 동안에도 그녀는 한쪽 구석에 물끄러미 서 있었다.

연극이 끝난 후에 나와 공은 함께 집으로 돌아왔다. 공은 그동안 공연 대본이 수정되었다는 걸 내게 말하지 않았다.

"꽃 고마워."

공이 손에 쥔 꽃다발을 흔들면서 내게 말했다.

"그 잠깐 동안 무슨 생각을 한 거야?"

공은 잠시 아무 말도 하지 않다가 말문을 열었다.

"고민. 무대에 있는 두 사람을 내가 발로 걷어차면 어떨까? 그럼 내 속은 시원하겠지? 하지만 연극은 망칠 게 뻔해. 망치면 좀 어때. 어차피 반값 연극인데. 이미 내 역할을 줄이면서 다 망쳐진 쓰레기. 쓰레기에 장미꽃을 꽂은들 쓰레기는 쓰레기지. 하지만 이걸 망치면 내 계약이 파기될지도 모르잖아? 그럼, 난 쉬는 날 우아하게 모시조개를 넣고 봉골레 파스타를 만드는 대신 라면을 끓여

먹어야 해. 그런 생각을 하다 보니 들어갈 타이밍이 늦어진 거지."

　다음 날 로커룸에서 세 살배기 아이마냥 운동복 상의만 입고 아랫도리는 홀랑 벗은 일꼬 회원님이 양말 바구니를 정리하는 내게 말을 붙였다.

　"오, 소설가. 은근히 알짜던데. 여자 친구가 여배우라고 했지. 여기서 가까이 있는 그 소극장에서 공연하는."

　"네, 회원님. 맞습니다."

　"이야, 다시 봐야겠는데. 성형 티가 좀 나기는 해도 말 잘 듣게 생긴 미인이던데. 실은 어젯밤에 와이프하고 같이 보러 갔거든. 제목이 달라져서 다른 연극인가 했지만 말이야. 사실 별로 재미는 없더라고. 그런데 여주인공은 미인이데. 어떻게 꼬셨어? 글로 꼬셨겠지? 처음으로 소설가가 부럽게 여겨졌어. 역시 예쁜 여자는 다들 먼저 채 간다니까. 하여간에 정말 미인이야. 처음에 나왔던 그 돼지 같은 년하고 비교가 되니 그런가?"

　나는 회원님들이 엉망으로 만든 운동복 셔츠를 다시 접으며 대답했다.

　"회원님, 그 돼지 같은 년이 바로 제 여자 친구인데요, 원래 그 정도는 아니고 연극 때문에 좀 더 찌웠습니다."

　일꼬 회원님은 잠시 손에 양말을 든 채 꿀 먹은 벙어리처럼 물끄러미 서 있었다. 그가 의도한 대로 대화가 풀리지 않아 어색한 모양이었다. 나는 아주 잠깐 일꼬 회원님에게 예의에 대해 설교할

까 하다 그만두었다. 병이 갑에게 예의 운운할 자격이 없어서가
아니었다. 어차피 예의에 대해 잘 알지도 못하는 1퍼센트의 젖소
에게 경 읽기를 할 필요는 없으니까.

그때 창고방 쪽에서 팀장님이 수납공간에 정리할 운동복을 들
고 나타났다. 일꼬 회원님은 팀장을 향해 소리를 질렀다.

"이거 이거, 운동복 바지 좀 빨리 바꿉시다. 허리 밴드가 다 거
지처럼 늘어나서 어떤 걸 입어야 할지 알 수가 없잖아!"

"네, 죄송합니다."

팀장은 언제나 그렇듯 영혼 없이 고개를 숙이고 재빨리 우리를
스쳐 지나가 수납공간에 옷을 넣기 시작했다.

그는 그사이 내가 바퀴벌레처럼 사라지길 바랐는지 모른다. 하
지만 나는 그 자리에 그대로 서 있었다.

"그럼, 이따 보자고."

재빠르게 운동복 바지를 챙겨 로커룸을 빠져나가려던 일꼬 회
원님은 다시 뒤돌아 나를 보며 물었다.

"잠깐, 그럼 그 여주인공 맡은 여배우는 지금 남자 친구 없어?"

그건 나도 알 수 없는 일이었다.

하여튼 다음 날에도 그다음 날에도 일꼬 회원님의 수다는 멈추
지 않았다. 그의 주식은 고급 정보를 믿고 투자한 덕에 침체기 중
에도 여전히 상승세를 유지했다. 조기 해외유학 중인 그의 아이들
은 여전히 성적이 좋았다. 그는 저녁 식사를 샐러드로 때우며 다
이어트에 성공했다. 하지만 얼굴이 좀 처져서 100만 원 조금 넘는

간단한 시술을 준비 중이었다. 나는 그의 말을 흘려듣고 또 흘려들었다. 혹은 대걸레로 바닥에 떨어진 물기를 닦아내듯 금방 잊어버렸다.

어느새 일꼬 회원님의 수다는 *꼬꼬꼬꼬* 울어대는 수탉의 울음과 비슷하게 들렸다. 하지만 그의 운전기사 제안을 단박에 거절하지는 않았다.

일꼬 회원님은 헬라홀을 떠나기 전에 꼭 내게 물었다.

"소설가, 운전기사 제안은?"

"생각 중인데요."

"아직도?"

"원래, 글 쓰는 사람이 생각이 엄청 많거든요. 여기서 일하면서도 너무 생각이 많아 머리가 막 빠개질 것 같아요."

그러던 어느 날인가 드라이어로 머리를 말리던 일꼬 회원님이 내게 말을 붙였다. 평소에 비해 시무룩한 얼굴이었다.

"아무래도 소설가는 나를 친구로 여기지 않는 것 같아?"

"와, 친구요? 그건 좀 이상하네."

그때 나는 손걸레로 거울을 닦고 있었다.

"나는 그렇게 생각했는데 말이야. 좀 아닌 거 같아. 안 그래? 그런 느낌이 있다고."

나는 손에 쥐고 있던 손걸레를 잠시 내려놓았다.

"회원님, 그건 당연하죠. 너무 바라는 게 많은 거 아니세요? 저는 여기서 일하는 직원이죠. 그리고 회원님 덕분에 월급도 받죠.

그 때문에 회원님은 제 친절을 사잖아요. 그러면 거래는 끝입니다. 하지만 우정을 사려면 그 이상이 필요한 거 아니에요? 노동이 아닌 영혼의 값인데."

그는 빤히 나를 쳐다보았다.

"그게…… 얼마면 돼?"

"뭐, 제가 굳이 회원님께 영혼을 팔고 싶진 않고요."

그는 드라이어를 내 쪽으로 휙 돌렸다. 그 바람에 뜨거운 바람이 얼굴을 훑고 지나갔다.

"소설가라서 말을 너무 이상하게 해. 빙빙 돌리지 않아도 안다고. 그냥 내가 싫다고 하면 되는 거 아닌가? 운전기사 할 생각도 없지? 하긴 나 좋다는 사람 알고 보면 얼마 없지. 직원들은 내가 월급을 올려주면 끄덕끄덕, 고객들은 매번 내가 지들한테 사기 친다고 손가락질하고. 동창들은 돈이 궁할 때만 나한테 살살거리고…… 하지만 나이 먹어봐, 다 돈 보고 좋아하지 어디 사람을 보고 사람 좋아하나. 소설가도 알게 될걸. 언젠가 다 알 거라고."

1퍼센트의 고객에게 깨졌는지 아니면 테스토스테론을 혈관에 주입하는 네비도 주사로도 결코 채워지지 않는 갱년기 우울감이 폭발했는지 그날따라 늙어가는 이 남자는 꽤 울적해 보였다. 그는 자기 세면 바구니를 뒤적거리다 반 정도 남은 헤어 토너를 건넸다. 그러니까 로키산맥의 삼나무 성분이 들어 있다는 그 토너.

"이거 아직 꽤 남았거든. 가져가서 쓰라고. 형편이 어려워도 30대면 두피에 신경 쓸 나이야. 너무 부담 가지지 말고. 나는 새로 하나 사면 되니까."

나는 엉겁결에 그걸 받아 들었다.

"이 정도면 영혼의 값으로 충분하잖아. 그게 사고팔 수 있는 것
도 아닌데. 그럼, 된 거 아냐?"

"회원님, 진짜 궁금한 게 있는데요, 혹시 고독하세요?"

내 말에 그는 두 눈을 깜빡이다 잠시 내 시선을 피했다. 그러고
는 파우더룸 거울 속에 비친 자기 얼굴을 바라보았다. 다이어트에
성공했지만 볼이 처지기 시작한 50대 사내의 얼굴을 마치 낡은
과녁을 바라보듯이. 그러더니 다시 나를 보며 피식 웃었다.

"맞아, 고독한 남자지. 못 먹어도 고! 하는 정신으로 독하게 사
는 남자다, 이 말이야."

그는 내 어깨를 툭툭 쳤다.

"그렇게 살아야 나처럼 성공하는 거야. 알겠어? 그게 이 형님이
해주는 조언이다, 이거야. 그럼 된 남자가 되는 거라고."

다음 날 오후 로커룸에서 양말 정리를 하고 있는데 일꼬 회원님
이 나타났다. 그는 입고 있는 양복을 벗으면서 말했다.

"소설가, 나 운전기사 구했어."

"진짜요? 원하시던 지식인 운전기사로? 전직 시간강사나 하버
드 출신 백수?"

"아니, 꼴통 새끼. 암암리에 소설가 말고 여러 놈들 면접 봤는데
그 새끼가 제일 나아. 월급도 그 녀석이 원하는 대로 주기로 했어.
내가 그런 꼴통 새끼한테 밀리다니 참, 기가 막히네, 기가 막혀."

팬티 바람의 일꼬 회원님은 목이 늘어난 운동복 상의와 허리가 늘어난 반바지를 집으며 투덜거렸다. '된 거 아냐?'의 법칙을 붙이지도 않았다. 하지만 일꼬 회원님이 은근히 기뻐하는 것이 느껴졌다. 사실 그를 진심으로 좋아해주는 유일한 사람이 그 운전기사일지도 모르는 일이었다. 그러니까 꼴통이겠지.

그날 이후 희한하게도 일꼬 회원님은 나에게 먼저 말을 걸지 않았다. 헬라홀의 다른 남자들처럼 무심히 내 인사를 받고 무심히 헬스장이나 골프장으로 향했다. 마치 그가 나에게 베풀었던 호의와 친절의 시간을 부끄럽게 여기는 듯이.

헬라홀의 보르헤스

헬라홀에서 우리 사우나 매니저들은 몇몇 남자들을 눈여겨 감시했다. 그들은 내일모레면 곧 쓰러질 것 같은 위태로운 노인들이었다. 혹시라도 이곳에서 사고를 당하면 모두 멤버십 피트니스 헬라홀의 책임이었다. 그렇기에 다리를 저는 노인, 혼잣말로 조용히 벽을 보고 웅얼거리는 노인, 기침을 심하게 하는 노인, 허리를 제대로 못 펴는 노인 등이 있으면 우리들은 모두 그쪽에 신경을 썼다. 최악은 괄약근 문제로 몇 걸음 걸을 때마다 한 방울씩 똥을 지리는 회원님들이었다.

사건들은 새벽녘에 터지는 경우가 잦았다. 운동은 못해도 새벽에 약수터 가듯 습관처럼 헬라홀 남자 사우나에 목욕하러 들르는 연로한 회원님이 많아서였다. 새벽조 사우나 매니저는 로커룸에서 냄새 나는 흔적을 발견하면 다른 헬라홀 남자들이 히스테리를 부리기 전에 서둘러서 박박 닦아내야 했다.

"여기 왜 이러는데? 내가 여기 세탁물 치우러 왔지 똥 치우러 온 건 아니거든."

오전에 내가 출근하면 창고방에서 새벽조 영수는 그리 웅얼대다 다시 책상에 엎드려 잠을 청했다.

위태로운 노인 중에 내가 특별히 눈여겨보는 사람이 있었다. 남들보다 유독 느린 걸음 때문만은 아니었다.

그의 눈은 졸린 듯 감겨 있고 볼은 축 늘어져 있었다. 반대로 코는 뾰족한 돌을 박아 넣은 듯 우뚝했다. 그는 영락없이 헬라홀 남자 사우나에 나타난 호르헤 루이스 보르헤스였다. 언젠가 책에서 본 보르헤스의 캐리커처와 쏙 빼닮은 얼굴이었다.

헬라홀 특유의 권태로움 때문인지 나는 보르헤스와 보르헤스를 닮은 회원님에 대한 쓸데없는 생각에 빠져드는 때가 있었다. 알다시피 보르헤스의 문학 세계는 존재하는 세계와 존재하지 않는 세계 사이의 미로다. 어쩌면 존재하지 않는 세계의 미로를 헤매던 보르헤스가 길을 잃고 정말로 이곳 헬라홀 남자 사우나로 들어왔는지도 모르는 일이었다.

아무리 닮았어도 소설가 보르헤스는 남미 사람이고 헬라홀 보르헤스는 한국 사람 아니냐고? 그거야 그렇지만 보르헤스의 문학 세계는 워낙 웅장하다 보니 남미의 노인이 미로에서 헤매다가 어느새 헬라홀의 한국 노인으로 변하지 말라는 법도 없다. 그게 바로 보르헤스 문학의 마법이라 할 수 있는 힘이다. 하지만 보르헤스는 이미 사후의 사람이 아니냐고? 피안과 차안의 공간을 동시에 언어의 세계에 흩뿌리는 것 또한 보르헤스 문학의 마법이고…….

물론 헬라홀의 보르헤스가 남미의 보르헤스를 기억하는지 그건 알 수 없었다. 꿈꾸는 짐승인 양 느리게 걷는 그의 앞길을 가로막고 물어볼 수도 없는 일이었다.

회원님, 보르헤스라는 영웅을 아시나요? 회원님과 쏙 빼닮았죠. 그냥 책이 아닌 모래의 책에 대해 쓴 소설가입니다. 거울과 미로로 뒤덮인 세계를 짧은 소설로 보여주기도 했죠. 아, 돈키호테는 아시죠? 그 돈키호테의 이야기가 지금까지 계속 반복해서 태어난다는 걸 소설로 증명했답니다. 모르시겠다고요? 사실 말이죠, 회원님께서 그 보르헤스일지도 모릅니다. 남미에 있는 헬라홀의 입구로 들어가 길을 잃었다가 한국의 헬라홀로 나타나신 거지요.

그렇게 말을 걸면 보르헤스 회원님은 두 눈을 깜빡대다 한숨이나 내쉴 게 뻔했다. 그리고 곧 팀장이 나타나 나를 창고방으로 끌고 갈 터였다.

우리는 특별한 이유가 없는 한 회원님들께 먼저 말을 걸어서는 아니 되었다. 이곳은 시공을 넘나드는 보르헤스의 문학 세계가 아니라 갑과 병 사이에 눈에 보이지 않는 철조망이 존재하는 헬라홀 남자 사우나의 세계니까.

하지만 내가 말을 걸지 않아도 그가 먼저 다가와 말을 거는 일이 종종 있었다. 보르헤스는 치매는 아니었다. 하지만 헬라홀 남자 사우나에서 늘 무언가를 잃어버렸다.

그가 잃어버리는 물건은 샴푸나 세면 가방일 때도 있지만 가장 많이 잃어버리는 것은 열쇠였다. 일주일에 서너 번 헬라홀에 나타나는데 그중 이틀 정도는 꼭 옷장 열쇠를 그대로 꽂아두고 운동하러 갔다. 그 때문에 우리는 혹시 도난 사건이 있을까봐 그 열쇠를 스테이션 책상에 올려두곤 했다.

그는 무심하게 나타나서 손을 내밀었다. 열쇠를 달라는 뜻이었다. 열쇠를 받으면 나지막한 목소리로 미안하네, 라고 말하고는 사라졌다. 그의 말투는 그의 걸음걸이만큼이나 느릿느릿했다. 팀장 말에 따르면 이미 팔순을 훌쩍 넘어 아흔을 향해 걸어가는 보르헤스는, 근육이 위축되는 질병에 걸려 움직임이 둔하다고 했다.

보르헤스는 말이 별로 없는 노인이었다. 다른 회원님들과 수다를 떠는 것도 본 적이 없었다. 하지만 그는 헬라홀 남자 사우나에서 다른 사람들의 이목이 집중되는 회원님 중 한 명이었다. 그의 팔다리는 온통 분홍색 반점으로 덮여 있었다. 백인처럼 하얀 피부라 그 반점은 더 도드라졌다. 옮는 질병은 아니었고 일종의 아토피였다. 하지만 다른 회원님들은 보르헤스가 지나갈 때마다 미간을 찌푸렸다. 그가 목욕탕에서 샤워를 하면 다들 그 주위를 피했다. 거대한 바이러스라도 지나가는 양 헬라홀의 남자들은 다들 그를 경계했다.

모두의 두려움을 아는지 모르는지 보르헤스는 헬라홀의 내부가 영원의 미로라도 되는 양 서성거렸다. 로커룸, 파우더룸, 휴게실의 복도를 끊임없이 돌아다니는 그의 느린 걸음을 보노라면 이 헬라홀 남자 사우나가 거대한 공허의 우주처럼 여겨졌다. 그러다 그는 로커룸의 벤치에 앉아 물끄러미 무언가를 응시했다. 조금의 미동도 없이 그저 무기력한 산양 같은 눈만 끔뻑이면서. 마치 천장에서 지혜의 호두 열매가 자라나기를 기다리는 그런 눈이었다. 그러다가 팔과 다리의 붉은 반점을 손으로 긁으며 한숨을 내쉬었다.

"사우나, 사우나 여기서 뭐 해?"

어느 비 오는 날 오후 내가 운동복 정리를 하는 척하며 보르헤스를 훔쳐보고 있을 때였다. 사료회사 회장님의 운전기사인 오너가 나타나 내 옆구리를 쿡 찔렀다. 회장님이 사모님과 함께 자제분들을 보러 미국으로 떠난 탓에 오너는 심심하면 이곳에 나타났다. 회장님이 없으니 그는 회장님의 차를 몰고서 딱히 갈 곳이 없는 모양이었다.

"안녕하세요."

나는 정중하게 인사했다.

"뭐 뒤늦게 인사는 우습고. 뭘 그렇게 엿보는데?"

그러나 오너의 턱은 이미 보르헤스가 앉아 있는 로커룸 벤치를 가리키고 있었다.

"네, 회원님께서 뭘 찾고 계신 것 같아서 보고 있었습니다. 부르면 바로 가려고요."

오너가 두툼한 입술을 내밀고 보르헤스를 바라보았다.

"그래, 가끔 저녁에도 나타나서 저러고 넋 놓고 있더라고. 정말 뭐 하는 노인네인지 모르겠어. 아무래도 또라이 같지?"

여기서는 왜 다들 서로를 또라이로 생각하지 못해 안달인지 참 이상한 일이었다.

"이상한 양반이야. 격이 좋은지 나쁜지 짐작조차 안 가. 그런데 싸가지는 좀 없더라니까. 언젠가 회장님께서 인사를 하시는데 그 저 고개만 까닥여. 싹수가 없는 영감이지. 회장님 정도면 브이아이피 중에서도 최고란 말이야. 다들 알아서 고개를 숙이거나 일부러 인사라도 건넨다고. 그런데 까딱, 그러고 끝이야. 도대체 뭐 하는 영감이지? 사우나, 사우나 정도면 회원님들 개인정보쯤 딱딱 꿰고 있어야 하는 거 아닌가?"

"저는 그냥 팀장님께 주워듣는 것 정도가 전부인데요."

갑자기 오너가 새침한 표정으로 나를 보았다.

"그런데 말이지 사우나…… 주워듣는 대로 다 믿진 말라고. 그리고 여기 오는 회원님들에 대해 다 안다고 착각하지도 말고."

"네?"

"사람이 벌거벗고 있으면 다 똑같은 거 같지? 사우나는 여기서 일하면서 잘사나 못사나 사람이 다 똑같다고 착각하나 본데, 그거 아니네. 이 사람아, 여기 오는 회원들이 밖에서도 발가벗고 사나? 아니라고, 아니야."

그러더니 오너는 유심히 내 얼굴을 살폈다.

"그러니 자네는 실은 아무것도 모르는 거나 마찬가지야. 장님 코끼리 자지 만지기지."

나는 다리, 라고 정정해주려다 그만두었다. 병이 갑을 정정해주기란 그리 쉬운 일은 아니었기에.

어쩌면 회장님이 오너에게 넌지시 내 직업 이야기를 했는지도 모르겠다. 오너가 모시는 사료회사 회장님은 유독 우리를 친근하게 대하는 회원님이었다. 가끔은 고생한다며 지갑에서 만 원짜리 한 장을 꺼내 팁으로 주는 몇 안 되는 자선가였다. 헬라홀 타워 로비에서 만나면 우리에게 커피 한 잔을 사주기도 했다. 그것도 자판기 커피가 아니라 1층 커피 전문점 이디야에서 파는 아메리카노를. 그 커피를 들고 엘리베이터에 오를 때면 이런 생각을 하기도 했다. 1층에 커피빈이나 스타벅스가 있었어도 사료회사 회장님께서 우리에게 아메리카노를 사줬을까. 헬라홀에서 일하다 보니 호의에 감사하기보다 어느새 무의식적으로 호의의 가치를 계산하게 되었다. 나나 팀장이나 영수 모두 호의를 팔아 월급 받는 입장이니 말이다.

하여간에 사료회사 회장님은 특이한 분이기는 했다. 사우나 매니저를 자기 기업에 채용할 것도 아니면서 우리의 신상을 궁금해했다. 회장님은 얼마 전 내게도 전직이 뭔지 물어보았다. 일꼬 회원님에 이어 내 과거를 궁금해하는 두 번째 회원님의 등장이었다. 나는 우물쭈물하다 그래도 아메리카노 몇 잔을 얻어 마신 값은 치러야 할 것 같아 글을 쓴다고 뭉뚱그려 대답했다. 내 말에 회장님은 감동 어린 표정을 지으며 고개를 끄덕였다.

"세상에, 그런 사람이었군요. 아름다운 글을 쓰세요. 이 세상의 소금과 빛이 되세요. 지금 현실이 너무 각박하잖아요."

그럴 때 사료회사 회장님은 한 기업의 대표라기보다 세상의 모든 동물들을 위해 사료를 대량으로 선사하는 인자한 산타클로스처럼 여겨졌다.

하지만 사우나복 바지만 덜렁 입고서 거대한 똥배를 문지르며 휴게실 의자에 앉아 저녁 뉴스를 보며 화를 낼 때는 사람이 달라 보였다. 그분이 화를 내는 뉴스는 주로 노동자 시위나 파업에 대한 것들이었다. 그런 뉴스를 볼 때면 허, 기가 차서, 미친놈들, 같은 말을 아랫배를 턱턱 치며 가래 뱉듯 퉤퉤 내뱉었다. 가끔 남자 사우나에서 자기 회사 직원들을 만나도 말투는 딱딱해졌다.

"사우나, 그러니까 하여튼 너무 건방지게 굴지 말라고."

오너의 말투는 어느새 회장님이 직원을 대할 때와 엇비슷해졌다.

"회원님, 제가 뭐 불편하게 해드렸습니까?"

나는 두 손을 공손하게 모은 채 대답했다.

"아니, 지금 이 태도가 거슬려. 사우나는 다른 사우나들하고 달라. 친절하게 굴면 굴수록 더 수상해."

그러더니 오너가 다시 한 번 내 옆구리를 쿡 찔렀다.

"나는 그게 다 보이는 사람이야. 응, 내가 왜 모르겠어?"

그러면서 그는 빤히 나를 바라보았다.

나는 오너와 많은 대화를 나누었지만 처음으로 오너와 눈을 맞추었다. 하지만 그의 눈에서 아무 감정도 읽지 못했다. 마음의 창인 눈에 덧창을 씌운 남자의 눈. 회장님의 운전기사를 하며 함께 늙어온 오너의 눈은 그랬다. 아마 나처럼 하찮은 소설가가 아니라 보르헤스라면 이 오너의 눈만 가지고서 소름 끼치는 소통 부재의 세계를 그리는 짧지만 섬뜩한 소설을 썼을지 모르겠다.

"아마 다른 회원님들 눈에도 그 태도가 보일걸. 하지만 지적 안 하는 건……."

그때 저쪽에서 보르헤스가 나를 불렀다. 팔을 들어 손짓으로.

나는 오너에게 짧게 목례를 한 뒤에 재빨리 보르헤스에게 다가갔다.

"회원님, 불편하신 거 있으십니까?"

보르헤스는 물끄러미 나를 바라볼 따름이었다. 그러다 귀에 들릴 듯 말 듯 자그마한 목소리로 말했다.

"부르지 않았네. 어깨가 아파서 흔들었어."

그는 다시 고개를 숙였다. 나는 보르헤스의 입술에 우물우물 경련이 이는 걸 보았다. 그걸 미소라고 칭하면 그럴 수도 있겠다 싶었다.

다음 날에도 보르헤스는 헬라홀 남자 사우나 안을 영원의 미로처럼 돌아다녔다. 하지만 이번에는 옷장 문에 열쇠를 그냥 꽂아두고 운동하러 가지 않고 제대로 챙겼다. 갈 때도 베레모까지 제대로 챙겨 쓰고서 천천히 헬라홀 남자 사우나 밖으로 사라졌다.

나는 수납공간에 놓인 양말 바구니의 양말들을 정리하며 본능적인 고민에 빠졌다. 그 시간이면 대개 육은 헬라홀에 혼은 공의 집에 가 있었다.

'저녁에 야식으로 공과 함께 치킨을 먹을까 아니면 피자를 먹을까.'

그때였다. 남자 사우나 밖으로 사라졌던 보르헤스가 다시 나타났다. 그는 쓰레기통 앞에 동상처럼 서 있다가 조심스레 몸을 숙였다. 그러더니 내가 말릴 틈도 없이 벽시계 아래에 있는 쓰레기통을 뒤지기 시작했다. 그것도 모자라 쓰레기통 안의 검정 비닐을 밖으로 꺼내 로커룸 벤치에 올려두고 본격적으로 뒤적거렸다. 나는 손에 쥔 양말을 바구니에 던져 넣고 재빠르게 사건의 현장으로 달려갔다.

"회원님, 죄송한데 지금 뭐 하시고 계신 건지…….."

"이 안에 열쇠가 있네."

"회원님, 거기 열쇠가 왜 있겠어요?"

"아니야, 내가 나가기 전에 열쇠를 이 쓰레기통에 버렸어. 내 오른쪽 바지 주머니에 휴지가 그대로 있으니까. 깜빡하고 오른쪽에 있는 거 말고 왼쪽에 있는 걸 버린 거야."

"회원님, 알겠습니다. 그럼 제가 찾아드리죠."

나는 비닐봉지 안에 손을 집어넣었다. 커다란 검은 봉지 안에는 찌그러진 종이컵, 몸에 붙였다가 뭉쳐서 버린 일제 동전 파스, 다 쓴 로션 통 따위가 그득했다. 헬라홀 남자 사우나 전체가 금연이기에 담배꽁초 냄새는 풍기지 않았다. 오히려 그 쓰레기 더미에서는 들쩍지근한 냄새가 났다. 쓰레기의 가장 많은 비중을 차지하는 빈 팩 때문이었다. 그 빈 팩에는 한약, 홍삼, 배즙, 석류즙, 붕어즙, 물개즙, 그 외 이름조차 처음 들어본 아사이베리니 꽃송이버섯 효소니 하는 글씨가 쓰여 있었다. 그 팩 더미 사이로 구불구불한 플라스틱 밴드가 보였다. 프런트에서 나눠주는 옷장 열쇠의 손목 밴드였다.

"회원님⋯⋯ 열쇠가 진짜 쓰레기통 안에 있네요."

나는 열쇠를 집었다.

"미안하네."

보르헤스가 열쇠를 받아 들고 평소처럼 기운 없는 목소리로 대답했다.

"회원님⋯⋯."

나는 돌아서서 나가려는 그를 불러 세웠다.

보르헤스는 가만히 뒤돌아서 초점이 흐릿한 눈으로 나를 바라보았다. 그 눈에서 무언가 짐작할 수 없는 세월이 빙글빙글 도는 것 같았다.

나는 이상하게 보르헤스를 닮은 노인 앞에서 우물쭈물했다. 그가 정말 보르헤스도 아니건만 희한한 일이었다. 헬라홀의 공간이 우리 두 사람을 중심으로 갑자기 다른 세상으로 뒤바뀐 것 같았다. 아니, 보르헤스가 아니라 한때 소설가였던 사우나 매니저가 존재하지 않는 세계의 미로에서 길을 잃은 것 같았다.

지금 생각하면 아무래도 그때 제정신이 아니었던 것 같다. 아니면 쓰레기통에서 풍기던 그 미묘하게 역하고 달콤한 냄새의 조합에 잠시 취했거나. 나는 헬라홀에서 처음으로 헬라홀의 남자들에게 물어보고 싶었다. 목욕탕과 운동복이 아닌 다른 차원의 질문을. 말없는 사우나 매니저가 아니라 이 세계에 대해 질문하는 소설가의 목소리로. 쓰레기통까지 뒤졌으니 그럴 권리가 충분했다.

하지만 내 머릿속에 순간적으로 문학적이거나 지성적인 질문은 떠오르지 않았다. 그러니까 부와 부의 세습, 불공평한 지금 이 시대의 문제에 대한 통찰력 있는 질문 같은 것들 말이다. 내 입에서 나온 질문은 고작해야 인류의 보편적 선택에 대한 흔하디흔한 질문에 불과했다.

"회원님, 너무너무 배가 고픈데요, 치킨이 좋을까요 아니면 피자가 좋을까요?"

그는 이해할 수 없다는 얼굴로 나를 바라보았다.

"무슨…… 뜻이야, 그게?"

"그냥 배고프고 힘들 때가 있잖아요. 무얼 먹어야 힘이 나는지 그런 게 갑자기 궁금해서요. 그냥 그럴 때 있잖아요. 혹시 그런 거 없으세요? 힐링 푸드, 뭐 이런 거. 아무래도 회원님은 저 같은 사람보다 좋은 것 많이 드시고 그러니까, 추천 식당 이런 거요."

나는 정신을 차리고 곧 후회했다. 보르헤스가 팀장을 부르고 나는 창고방으로 끌려갈지도 몰랐다.

그는 열쇠를 손에 쥔 채 꿈꾸듯 두 눈을 끔뻑였다.

그러더니 붉은 반점이 뒤덮인 손으로 느릿느릿 머리를 긁적였다.

"내 생각에는…… 치킨이나 피자나 다 그래. 그러니까 정말 배가 고플 때는…… 사실 삶은 감자를 입안에서 식혀가면서 천천히 씹으면 닭고기 맛도 부침개 맛도 전부 다 나. 어렸을 적에, 그러니까 가난했을 때, 난 그랬어. 지금도 입맛이 없으면 감자를 쪄서 입안에서 천천히 식혀가면서 먹네. 오래오래. 그럼 세상에서 가장행복해. 실은 지금도 그래. 감자야, 감자. 감자가 최고야. 이 세상의 행복은 감자 안에 있어."

그러더니 그는 열쇠를 든 채 헬라홀 남자 사우나 밖으로 나갔다.

나는 풀어 헤쳐진 검정 비닐 안의 쓰레기를 물끄러미 바라보았다.

감자, 감자라니…… 포테이토 피자나 먹으라는 건가?

어디선가 팀장이 바퀴벌레처럼 빠른 걸음으로 내 앞에 나타났다.

"태권 씨, 지금 뭐 하자는 겁니까? 쓰레기 비닐을 파헤치고. 무슨 도둑고양이 새끼입니까?"

"회원님께서 열쇠를 쓰레기통에 버리셔서 방금 막 찾아줬다고요!"

"참 이젠 별의별 짓을 다하네."

그는 툴툴거리면서 내게서 검은 쓰레기봉투를 빼앗았다. 그러더니 직접 쓰레기통 안에 밀어 넣었다.

"똥 밟았다 생각하고 얼른 가서 손 씻으세요. 태권 씨가 팀장이 아니라고 무시하는 겁니다. 어디서 쓰레기통을 뒤지게 만들어. 우리가 그렇게 우습나."

나는 말없이 일어서다 팀장에게 말했다.

"똥은 아니었어요. 보르헤스거든요."

"그게 누구죠?"

"아니, 그러니까 보르헤스라는 남미의 소설가하고 닮았다고요."

팀장이 무슨 말인지 알아듣지 못하자 나는 느리게 걸으며 손으로 팔꿈치를 벅벅 긁어 보였다.

"아하, 그분. 그분이라면 도와드려야죠. 거동도 불편하고……
정신도 좀 오락가락하시는 것 같으니."

그러더니 팀장은 돌아가려다 나를 바라보았다.

"그런데 그 회원님을 닮았다는 보르헤스라는 사람은 어떤 소설을 쓰는 사람인데요?"

나는 팀장에게 보르헤스의 문학에 대해 설명하기가 조금 난감했다. 「소나기」나 「이해의 선물」과는 다른 소설을 쓴다고 할 수도 없었다. 하지만 문학에 관심 없던 그가 처음 소설가에 관심을 보이는 순간이었다. 나는 무언가 적절한 설명을 해줘야 할 것만 같은 의무감을 느꼈다.

"그러니까 대단한 소설가죠. 아르헨티나의 거장. 노벨상은 못 탔지만."

팀장의 표정은 시큰둥했다.

"아르헨티나 사람이니까 축구에 대해 썼어요?"

"축구는 아니고…… 아마 목욕탕에 대해서는 쓸 수 있을 것 같네요. 진정한 목욕이 사라진 이후의 목욕에 대해."

그때 요란하게 스테이션 전화벨이 울렸다. 팀장이 빠른 걸음으로 스테이션을 향해 걸어갔다. 절대 뛰지는 않고.

오후 5시, 이 시간쯤 걸려오는 전화들은 대부분 헬라홀에 영감님과 함께 온 사모님들의 전화였다. 영감님을 찾아서 밖으로 내보내달라는 전화. 그러면 우리는 목욕탕 안과 로커룸을 돌아다니며 큰 목소리로 회원님의 이름을 부르며 찾아다녀야 했다. 아니면 분실물 찾는 전화일 수도 있었다. 손목시계, 스마트폰, 선글라스, 가끔은 자동차 키까지 옷장 안에 그대로 두고 떠나는 회원님들이 꼭 있었다. 문제는 거의 대부분 다른 곳에서 물건을 잃어버리고 이곳에서 찾아달라 난리를 친다는 데 있었지만.

로커룸에서 회원님들이 엉망으로 헤집어놓은 옷들을 다시 정리하는데, 저쪽에서 팀장이 걸어왔다. 평소와 다른 힘 빠진 걸음이었다. 하지만 잠시 걸음을 멈춰 양말 신은 발바닥으로 재빠르게 바닥의 물기를 문질렀다.

"이번엔 또 뭘 잃어버렸대요? 지갑이라도 잃어버렸대요? 아니면 깜빡 잊고 비아그라 안 챙겨 가셨나."

"태권 씨, 우리 어떡하죠? 영수 씨, 사고 났답니다. 빗길에 오토바이가 미끄러졌나봐요. 영수 씨 와이프가 전화했어요. 아까 여기서 퇴근하고 배달 일하러 족발집 가다가 사고 났는데 경황이 없어서 이제 연락한다고. 다리를 크게 다쳤나봐. 어쩌지……."

나는 손에 쥐고 있던 운동복 바지들을 다시 개기 시작했다. 세

벌인가 네 벌 정도 말없이. 그러고는 말문을 열었다.

"제가 퇴근하고 병원에 한번 들를게요."

팀장은 빤히 나를 쳐다보았다.

"그리고 오후 2시까지 출근할게요. 팀장님은 내일 새벽에 출근 하시면 뭐 문제없죠."

헬라홀은 그렇게 몇 시간 만에 천국에서 다시 감옥으로 고꾸라 졌다. 진짜 보르헤스라면 천국과 감옥이 공존하는 공간을 그리 불 렀을지 모른다. 헬라홀. 아니다. 진짜 보르헤스는 이곳에 사우나 매니저가 아니라 회원님으로 올 테니, 그가 아무리 대단한 문학가 라도 이곳이 감옥이란 생각은 못 하겠지. 그는 이곳에 와서 샤워 만 하고 로커룸에서 잠시 이 세계의 본질에 대한 깊은 생각에 잠 길 것이다. 그러고 나서 도서관으로 떠나면, 사우나 매니저들이 유령처럼 돌아다니는 이곳은 까맣게 잊어버리겠지.

악착같이

영수는 오토바이 사고로 오른쪽 다리뼈가 부서지는 바람에 두어 달은 쉬어야 했다. 병문안을 간 내 앞에서 영수는 길게 한숨을 내쉬었다. 이놈의 팔자, 늘 재수 없는 팔자라면서. 전날 오랜만에 딸과 놀아주느라 영수는 꼴딱 밤을 새고 헬라홀에 출근했다. 그러니 헬라홀 일을 마치고 다시 배달 일 하러 오토바이를 타고 족발집으로 향하다가 살짝 졸았던 것이리라. 그때 그는 헬라홀 남자 사우나 히노끼탕의 뜨듯한 물에 편안히 몸을 담그는 꿈을 꾼 것 같다고 했다.

"그런데 탕에서 발이 틱 미끄러지는 순간 감이 왔지. 이건 헬라홀이 아니고 길바닥이고, 나는 오토바이 사고로 다칠 거라는 걸. 그런 상황에서는 둘 중 하나를 골라야 해. 나냐, 오토바이냐. 넘어질 때 내 몸을 지키려고 하면 오토바이가 망가져. 반대로 오토바이를 지키려고 하면 내가 다치고. 그런데 내가 깜빡한 거야. 내가 늘 재수 없는 놈이었다는 걸. 빗길에 넘어지면서 오토바이에 깔려 다리뼈가 산산조각 나는 사고는 그렇게 흔치 않거든."

당연히 헬라홀은 영수를 기다려주지 않았다. 영수 또한 복직하는 대신 그가 배달 일을 하는 족발집에 산재 신청을 했다. 하지만 족발집 사장은 산재 처리를 해주지 않으려고 안간힘을 썼다. 영수의 사고가 헬라홀과 족발집 사이의 도로에서 일어났으니 족발집에서 처리해줄 이유가 없다는 거였다.

어느 날엔가 헬라홀로 영수의 전화가 걸려왔다. 영수는 자신의 상황이 억울한지 한참을 떠들었다.

"나 어떻게든 산재 처리 받을 거야. 악착같이. 내가 헬라홀 남자들한테 배운 게 그거야. 악착같이 챙기는 거."

하지만 영수가 요구하는 건 당연한 권리이지 악착같이 챙겨야만 하는 권리가 아니었다. 그게 좀 슬펐다. 당연한 권리를 위해 악착같이 굴어야만 한다는 현실이. 겉으로는 여유를 부리면서도 잇속을 챙기려고 뒤에서 악착같이 구는 사람들이 사는 세상에서.

영수의 퇴사는 안타까웠지만 헬라홀 남자 사우나에 기쁜 소식도 들려왔다. 독재자가 곰팡이 핀 천장을 다 뜯어내기로 결정했다는 뉴스였다. 팀장은 회원님들이 묻지도 않는데 곧 천장을 뜯을 거라며 떠들고 다녔다. 1퍼센트의 마법사는 우리들이 그렇게 나오자 오히려 툴툴거렸다.

"진짜 그럴까? 여기 회장 거짓말에 도가 튼 거 내가 모를 줄 알고? 천장 뜯기 전에는 나 안 믿는다."

"아닙니다. 여름에 천장 공사 예정입니다!"

팀장은 누구보다 당당하게 말했다. 그가 헬라홀에서 그렇게 기뻐하는 모습은 처음이었다.

하지만 그로부터 보름 정도 지난 후, 팀장이 울적한 얼굴로 나를 맞았다.

"왜 그래요? 오늘 면접 보러 온 사람이 여기 별로래요?"

"아닙니다. 면접은 내일로 미뤘습니다. 회장님이 그 시간에 특별 회의를 소집하는 바람에."

"특별 회의요?"

팀장이 스마트폰으로 녹음한 음성 파일을 들려주었다.

아무 감정 없이 목소리만 곱고 음정 박자만 정확히 맞는 여성 보컬의 목소리였다.

헬라홀, 헬라홀 우리들의 건강 위한 헬라호올.

헬라홀, 헬라홀 건강 위해 함께 가는 헬라호올.

헬라홀, 헬라홀 회원님의 삶을 위한 헬라호올.

헬라홀, 헬라홀 웰빙 위해 함께 웃는 헬라호올.

"이 병맛풍의 노래는 뭔데요?"

"헬사장 친구가 광고 음악을 만든대요. 그 사람이 작업한 헬라홀 피트니스의 시엠송이죠."

"혹시 이 노래를 우리보고 부르라는 건가요? 회원님 앞에서? 두 손 가지런히 모으고?"

"아니, 노래는 프런트에서 틀어줄 겁니다. 시작할 때, 점심 때, 마감할 때. 우리는 회원님들이 물으시면 그냥 헬라홀의 노래라고 말씀만 드리면 됩니다."

오픈하는 백화점의 피트니스가 자체 홍보 시엠송을 만들었다는 비밀 정보를 들은 헬사장이 몰래 이 작업을 추진했다고 한다. 모든 독재자가 자신의 제국을 위한 찬가를 좋아하듯 피트니스의 독재자 또한 헬라홀의 시엠송을 좋아했다고 한다.

그런데 시엠송 때문에 회원님들의 질문이 하나 늘어날 게 뻔해서, 혹은 특별 회의 때문에 면접이 미뤄져서 팀장이 그렇게 의기소침한 것 같지는 않았다.

"문제는 생각보다 이 시엠송에 예산이 많이 들어갔다는 거예요. 그래서…… 천장 수리를 내년으로 미룬답니다. 그냥 곰팡이만 안 보이게 일요일에 흰 페인트칠을 새로 하는 수준에서 마무리를 한대요."

팀장은 깊게 한숨을 내쉬었다.

"회원님들한테 천장 수리 새로 한다고 큰소리 뻥뻥 쳐놨는데 어쩌란 건지. 그깟 노래 튼다고 시설이 엉망인 피트니스가 달라지나? 그깟 노래 때문에 새로 생길 백화점 옆 피트니스로 옮길 사람이 여기 눌러앉나? 하여튼 대가리들은 생각이란 걸 할 줄 몰라. 우리 같은 발바닥들도 일의 순서는 다 아는데 말이야. 덥다, 더워!"

그러더니 그는 제풀에 지쳐 주저앉았다.

"태권 씨, 나중에 이런 것 좀 소설에 써봐요. 우두머리들이 얼마나 아둔한지 뭐 이런 거."

나는 팔짱을 낀 채 고개를 내저었다.

"그거 안 써도 다 잘 알아요! 그래서 써봤자 별로 재미도 없고."

하지만 나는 독재자가 멍청한 영감탱이는 아니라는 생각이 들었다.

사실 독재자는 처음부터 천장 수리를 할 생각이 없었는지 모른다. 그걸 안 해도 될 이 핑계 저 핑계를 찾다 시엠송 핑계를 찾았겠지. 이 후줄근한 노래의 가격도 실은 천장 수리비에 비하면 껌값일 게 틀림없었다. 더구나 천장이 아무리 거지 같아도 어차피 헬라홀 멤버십 피트니스 회원의 80퍼센트 이상을 차지하는 헬라홀의 노인들은 다른 피트니스로 옮기기도 힘들었다.

피트니스의 세계에서 중요한 건 재력이 아니라 젊음과 미모 그리고 건강이었다. 우리 헬라홀의 노인들은 재력은 갖췄지만 나머지는 모두 잃었다. 그들이 이 헬라홀 멤버십에 집착하는 건 여기서는 그나마 완벽한 남자로 느껴지기 때문일지 몰랐다. 그리고 그나마 그게 그들이 가진 유일한 권력이어서일지도 몰랐다. 아무리 재력이 좋아도 권력이 있는 사람과 없는 사람의 차이는 또 어마어마할 테니.

독재자는 그걸 알기에 헬라홀에 삐져나온 코털들을 그대로 방치하고도 당당했다. 아무리 뒤져도 이 신도시에서 1퍼센트의 노인을 위한 나라는 헬라홀밖에 없으니까. 그들은 이곳에서는 갑이지만 밖으로 나가면 슬프게도 코틸, 이니까.

그런데 실은 힐튼 호텔이나 하얏트 호텔의 멤버십 피트니스를 악착같이 흉내 낸 자그마한 코스프레 멤버십 헬라홀이야말로 이 신도시의 우아한 코틸에 불과했다. 그리고 이 우아한 공간에서 느릿느릿 걸어 다니는 헬라홀의 남자들도 그들이 꿈꾸는 1퍼센트의 찬란한 삶을 현실에서 코스프레하기 위해 이곳에 오는지도 몰랐다. 이곳에서 코스프레가 아닌 현실을 오가는 사람들은 나나 팀장 같은 사우나 매니저들이었다. 우리는 이곳의 초라한 뒷모습을 아는 사람들이자, 그 초라한 뒷모습을 어떻게든 감추려고 버둥거리는 일꾼들이었다.

힘 빠진 팀장이 퇴근한 뒤에 나는 똑같은 일을 반복했다. 파우더룸의 로션 뚜껑을 다시 닫아두고, 회원님들이 아무 데다 내팽개친 빗을 수거해 비누로 씻었다. 그리고 대걸레로 파우더룸 바닥을 청소하고, 스테이션 의자에 앉아 거품타월을 접었다.

거품타월을 다 개켰을 무렵 비명 소리가 들려왔다. 목욕탕 자동문 앞에서 갓난아기처럼 뽀얀 피부에 안경을 쓴, 실험실 연구원 같은 인상의 회원님이 파르라니 떨고 있었다. 핑크색 젖꼭지부터 밀키하게 부드러운 뱃살까지 로코코풍 회화 속 큐피드처럼 뽀얗고 아름다운 중년이었다. 날 때부터 지금까지 부의 인큐베이터 속에서 여유롭게 늙어온 중년 같았다. 그가 비명을 지른 이유는 대단한 사건 때문이 아니었다. 파우더룸 방향의 목욕탕 출구 쪽에 나타난, 꼬리에 집게가 달린 벌레 한 마리 때문이었다.

"저 벌레, 저 벌레 어쩔 거야. 저 벌레에!"

호들갑도 그런 호들갑이 없었다.

나는 재빨리 티슈 한 장을 뽑아 왔다. 하지만 그사이 벌레는 재빨리 달아나 수건함 뒤쪽으로 사라져버렸다.

"아니, 벌레가 달아났잖아. 어쩔 거야? 빨리 잡았어야지."

"회원님, 제가 벌레를 맨손으로 어떻게 잡습니까? 저거 물기도 하는데……."

1퍼센트의 호들갑은 공포와 짜증으로 얼굴이 피카소의 〈우는 여인〉처럼 변했다.

"맨손으로 잡건 휴지로 잡건 그건 내가 알 바 아니고, 하여간 끝까지 잡았어야지. 나라면 신고 있는 슬리퍼를 벗어서 내리쳤을 거야. 순간적인 판단력과 집중력 강한 근성이 얼마나 중요한데 말이야. 그걸 모르니 이런 일이나 하지."

"회원님, 죄송합니다."

하지만 벌레 한 마리에 쓸데없는 인신공격은 그만.

"알았어요, 수고하세요. 에이, 무슨 이런 곳에서 벌레가 다 나와."

남자는 휙 돌아서서 그렇게 큰 소리로 투덜거리며 파우더룸 쪽으로 사라졌다.

그때였다. 휴지를 손에 쥐고 있는 내 옆을 오너가 스쳐 지나갔다. 나는 그가 무슨 잔소리를 늘어놓을지 몰라 소름이 끼쳤다. 물리면 퉁퉁 붓는 집게 달린 벌레보다 오너의 귀찮은 꼬투리 잡기가 더 무서웠으니까. 다행히 오너는 아무 말도 하지 않았다. 감정을 가린 덧창 같은 눈으로 힐끔 나를 쳐다볼 뿐이었다. 하지만 파우더룸으로 나간 그가 수건으로 자신의 허벅지를 탁탁 치면서 꿍얼거리는 소리를 들을 수 있었다.

"겨우 벌레 때문에 무슨…… 소리를 고래고래 지르고…… 격 떨어지게, 원. 정리 좀 해주지, 저런 회원들은."

"어쩌나, 국가 대표 유도 선수 닮은 태권 씨…… 여기 와서 좀 늙으셨네."

그날 저녁 로커룸 청소를 하는데 네온핑크 빛깔 삼각팬티를 입은 수영장 팀장이 나에게 말을 건넸다. 지난 설 연휴에 졸도한 회원님과 그 앞에서 하얗게 질린 나를 구해주었던 바로 그 은인이었다.

"그러게요. 일은 힘들지 않은데 늙습니다그려. 이젠 눈 감고도 세탁물 수거해서 카트 밀고 헬라홀, 아니 세탁물 내리는 구멍까지 갈 수 있을 것 같은데."

수영장 팀장은 젖은 머리를 손으로 슥슥 쓸어 넘겼다. 머리 길이는 여전히 단발이었지만 이젠 마돈나처럼 금발의 물결머리는 아니었다. 스트레이트펌으로 곧게 펴서 윤기가 나는 와인색 단발머리였다. 그는 손가락을 가르마 사이로 집어넣어 여러 번 머리칼을 뒤로 넘긴 후에 자신의 갈색 젖꼭지 두 개를 부드럽게 손바닥으로 마사지했다.

"힘들지는 않아도 은근히 곯아가는 거죠. 여기가 그렇답니다. 우리들 인생은 껍질만 남은 슬픈 오렌지나 레몬 같아요. 이 헬라홀이 우리의 싱그러움을 쥐어짜죠. 저도 여기서 일한 지 1년 만에 10킬로그램쯤 빠졌답니다. 그래서 지금은 이렇게 수영장의 멸치로 변했다지요."

"저는 살이 한 2, 3킬로그램 더 쪘는데요?"

헬라홀 감옥에 홀로 갇혀 먹는 양이 늘었지만 운동할 시간은 부족해서 얼굴과 배 주변이 전보다 더 동글동글해진 게 사실이었다.

"살이 빠지고 찌고 그런 문제가 아닌데…… 활기찬 얼굴이 아니라는 건데……. 그렇잖아요, 태권 씨도 봐. 얼굴도 푸석해지시고…… 그리고 이런 말 죄송한데……."

"네?"

"그냥 가끔 지나칠 때 곁눈질로 보면 멍때리고 앉아 계실 때가 많더라고요."

"아, 그건 그렇죠."

"영혼이 탈장한 사람 같더라니까."

그건 수영장 팀장의 생각처럼 지치고 힘들어서가 아니었다. 헬라홀 남자 사우나 안에서 무슨 일이 일어나고 있는지 다 알고 있어서였다. 스테이션 의자에 가만히 앉아 있어도 수건이 얼마나 남았을지 운동복과 양말이 얼마쯤 모자랄지 다 짐작이 갔다. 심지어 옷을 갈아입는 몇몇 회원님의 표정만 슥 훑어봐도 전두엽에서 경계경보가 울리는 경우가 있었다. 그럴 때면 괜히 회원님들 옆에서 얼쩡대다가 한마디 들을 가능성이 높으니 피해 다니는 게 좋았다. 어느새 나는 눈을 감아도 헬라홀 남자 사우나의 모든 움직임이 보이는 제3의 눈을 지닌 도인 경지에 올라 있었다.

"아무 생각 안 하다가…… 가끔 거품타월에 대해서는 생각하죠."

나는 열 손가락을 움직이며 말했다.

"거품타월에 대해서 뭘 그렇게 생각할 게 많아요?"

"그냥 제 생각엔 이 헬라홀 남자 사우나에서 제일 의미 있는 존재가 회원님들이 아니라 거품타월 아닌가 싶더라고요."

아마 내 썰렁한 농담에 익숙해진 팀장이나 지금은 여기에 없는 영수는 웃어줄지 몰랐다.

수영장 팀장은 사우나 매니저가 아니기에 나와 농담을 나눌 수는 없었다. 물론 우리와 업무 영역이 다른 수영 강사나 헬스 트레이너, 골프 트레이너, 프런트, 세탁실의 세계에서는 내가 모르는 그들끼리의 농담이 존재하긴 할 터였다. 그러니까 각자의 세계에서 좌절하기 전에 한 번쯤 붙잡을 수 있는 손잡이 같은 그런 농담 말이다.

"하여간에 태권 씨도 부디 여기서 잘 지내세요. 실은 저 그만두거든요. 이번 주말까지만 일해요."

그러면서 수영장 팀장은 처음으로 이를 드러내고 환히 웃었다. 반대로 그의 눈가에는 잔주름이 깊게 잡혔다.

"아니, 그만두시면 전 어쩌라고요. 남탕에서 또 누가 쓰러지시면 어떻게 해요. 다른 수영 강사분은 여자분이라 남탕으로 곧장 달려오실 수가 없잖아요. 어쩌지? 여자 강사분이 수영복 차림으로 달려오면 여기 회원님들 난리 날 텐데."

그는 물끄러미 나를 바라보다 나지막한 목소리로 속삭였다.

"그냥, 119에 전화하세요. 물론 119도 이미 익사 직전 패망 직전 절망 직전 헬라홀을 구조할 수는 없겠지만."

아무래도 그게 수영 강사들끼리 통용되는 손잡이 유머인 모양이었다.

"그런데…… 혹시 여기보다 조건이 더 괜찮은 피트니스에 일자리가 난 건가요?"

내 말에 수영장 팀장은 트리트먼트만 바른 와인색 단발을 손으로 빗질할 뿐 이렇다 저렇다 말을 하지는 않았다.

수영장 팀장이 떠난 후에도 헬라홀 남자 사우나에서는 특별한 일이 일어나지 않았다. 하지만 그날 밤 8시쯤 생각지도 못한 일이 일어났다. 바로 아버지의 카톡 메시지였다.

―일 없으면 쉬는 날에 내려와라. 내가 좀 할 말이 있다.

알겠다고 답장을 보내는데 스테이션 전화벨이 울렸다.

"네, 헬라홀 남자 사우나입니다."

"총각, 내가 거기서 찾을 사람이 있는데……."

우아한 말투의 할머니였다. 또 한바탕 목욕탕 안을 돌아다니며 사우나실 문까지 열어젖히고 고래고래, 회원님의 이름을 외쳐 불

러야 하나 싶었다. 그건 해도 해도 무언가 쪽팔림이 가시지 않는
희한한 업무였다.

"네, 회원님 성함 말씀해주세요."

"회원은 아니고요, 손태권이란 분 계신가요?"

"아…… 제가 태권인데, 누구시죠?"

"뭐야, 어떻게 같이 사는 사람 목소리를 모르지?"

"뭐야, 전화번호 어떻게 알았어? 아, 맞다. 내가 지난번에 한번
알려줬었지. 그리고 또 뭐야, 지금 이 시간에 공연 중인데 어떻게
전화를 해?"

공은 수화기 너머에서 킬킬대고 웃었다.

"혹시 아예 연극에서 분량이 사라진 거야?"

"아니, 나는 그대로 있는데 여주인공이 사라졌어."

공의 말에 따르면 여주인공의 무단결근으로 극단이 난리가 난
모양이었다.

"잘됐네. 오늘은 공의 날, 아니 공이 말하는 그 내면의 날이잖
아. 공이 연기하는 여주인공의 내면이 무대에 올라 무대를 잡아먹
으면 끝나는 거 아닌가? 공에게는 그 연극 무대를 잡아먹을 권리
가 있어요. 그 연기 못하는, 정신과 의사가 아니라 나이트 삐끼에
딱 어울리는 그 녀석까지 먹어치우라고."

내 농담에 공은 잠시 아무 반응이 없다가 말했다.

"태권, 미안한데 농담할 기분은 아니야."

웃겼다. 농담은 성대모사로 본인이 먼저 시작했으면서.

"여주인공이 없으니 내면은 아무 권리가 없더라고. 공연 취소래. 이번 주 내내. 그리고 다음 주부터는 전에 하던 아동극을 다시 올릴 거래. 다음 작품에 대한 계획이 잡힐 때까지. 나는 말 안 듣는 꼬맹이들에게 소리만 질러대는 엄마로 돌아가는 거야. 무슨 상황인지 알겠지?"

나는 그녀를 어떻게 위로해야 할지 쉽게 감이 잡히지 않았다. 내가 해줄 수 있는 말은 이것뿐이었다.

"술 한잔 할래? 나 10시면 일이 끝나는데. 괜찮으면 이리로 올래?"

"헬라홀에?"

"헬라홀에. 피트니스 영업시간이 끝나면 그때부터 남자 사우나는 오로지 사우나 매니저의 세계라서. 여기서 맥주 한잔 같이 하자."

그날 밤 사우나 정리를 모두 끝내고서 작업복을 벗고 내 옷으로 갈아입었다. 나는 남자 사우나 밖으로 나가 프런트 앞에서 서성이며 공을 기다렸다. 헬스장 트레이너와 프런트 여직원 들까지 모두 퇴근한 헬라홀 안은 을씨년스러웠다. 조명은 그대로였지만 텅 빈 유령도시의 컨트롤 타워 같은 분위기가 감돌았다. 엘리베이터를 타고 헬라홀 빌딩을 빠져나가도 온통 이 도시가 괴괴할 것 같았다.

잠시 후 편의점 비닐봉지를 든 공이 엘리베이터에서 내렸다. 나는 그녀가 의기소침한 모습일 거라 예상했지만 아니었다. 공의 얼굴은 어느 때보다 밝았다.

"뭔가 후련한 얼굴이네?"

"기분이 나쁘지는 않네. 거기다 나 남자 목욕탕에 정말 오랜만에 와본다."

"오, 설렌다는 거네?"

"설렐 거야 있겠어. 일곱 살 때까지 아빠하고 같이 목욕탕에 다녔는걸. 그때 이미 엄마가 집에 없었으니까. 보통은 할머니하고 다녔지. 어쩌다 한 번씩 아빠가 나를 데려갔어. 그냥 그런 기억이야. 딱히 좋은 추억도 아니고. 몇 안 되는 손톱 밑의 때 같은 아빠와의 추억."

공은 그렇게 말하고서 쓸쓸하게 웃었다.

"자, 이제 아빠 아닌 남친하고 남탕에 다시 들어가볼까?"

내가 그녀의 어깨를 감싸자 공은 슬그머니 내 손등을 간질였다.

"그냥 오라니까 온 거거든. 거리도 가깝고. 남탕에 들어가고 싶어 하는 여자가 어디 있는 줄 알아? 그 반대야 엄청 많겠지만."

나는 가끔 신규 회원님에게 투어를 시켜주듯 그녀를 데리고 개인사물함과 로커룸, 그리고 목욕탕 안을 보여주었다. 그녀는 말없이 무심하게 내 뒤를 따라다녔다.

"태권은 정말 여기 탕 안에 들어가면 안 돼?"

공이 히노끼탕 앞에 멈춰 선 채 물었다.

"안 되지. 헬라홀의 회원님이 아닌 남자는 못 들어간다고."

"들어가면 누가 나타나서 어흥 잡아먹나? 아니면 헬라홀의 회원님들에게 집단으로 두들겨 맞아?"

나는 누가 듣는 것도 아니건만 자그마한 목소리로 말했다.

"아니, 우리는 헬라홀 목욕탕의 비밀을 알아."

"비밀?"

"가끔 탕 안에서 1퍼센트의 노인들이 실수로 약간의 옹가를 흘릴 때가 있다고. 그러니 뭐 아무리 희석된들 똥물에 들어가고 싶은 마음이 들진 않지."

공은 내가 일하는 헬라홀을 별로 특별하게 여기지는 않는 듯했다. 어찌 보면 그건 당연했다. 헬라홀의 회원님들이 다 떠나간 이곳은 겉만 번지르르한 자그마한 목욕탕과 다를 바가 없었다.

공은 천장을 뒤덮은 시커먼 곰팡이를 바라보며 미간을 찌푸렸다.

"저걸 보니 여기가 그다지 위생적인 장소라는 생각은 안 든다."

"좀 더럽지?"

"아니, 좀이 아니라 많이 더러워. 그런데 여긴 왜 저렇게 시커멓게 곰팡이가 피었을까?"

"그게 천장이 철판으로 되어 있어서 녹이 스니 페인트로……."

"아니, 내 생각엔 마음의 독기 때문에 목욕탕 천장이 까맣게 된 거야. 탕 안에 들어간 사람들의 마음에서 독기가 빠져나와 천장에 찰싹 들러붙은 거지."

공은 무대 위의 여배우처럼 한참이나 그 천장을 바라보았다. 마치 이 남자 사우나에서 가장 볼 만한 게 곰팡이 슨 천장이라는 듯.

여배우인 그녀의 쓸쓸한 눈빛과 일그러진 입술만으로 정말 곰팡이는 마음의 독기가 엉긴 그로테스크한 흔적인 듯 보였다.

나는 그녀를 데리고 파우더룸 쪽으로 나왔다. 축축하고 습한 목욕탕에서 빠져나와서인지 파우더룸의 공기가 제법 시원하게 느껴졌다. 우리는 휴게실에 앉아 편의점 비닐봉투에서 맥주와 새우깡을 꺼냈다. 그리고 목욕탕에 몰래 들어온 갈매기들마냥 새우깡을 아작거렸다.

맥주를 반 캔가량 비울 때까지 우리 둘은 휴게실에 앉아 아무 생각 없이 떠들어댔다. 주로 이곳 신도시에 내려와서 벌어진 일들에 대해서였다. 그러니까 반값 연극과 헬라홀의 회원님들에 대한 대화가 주를 이루었다. 텔레비전을 틀어놓은 터라 밤 10시 드라마에서 발연기를 선보이는 아이돌 스타를 흉보기도 했다. 하지만 우리 두 사람 사이에 대한 대화는 거의 하지 않았다.

나는 문득 휴게실에서 쉬고 있는 나와 공이 살아 있는 사람이 아니라 어떤 정물인 듯 여겨졌다. 그러니까 일자빗이나 헤어드라이어, 아니면 고장이 난 혈압측정기 같은 그런 종류의 존재. 헬라홀 남자 사우나 안에 나와 공밖에 없지만 그렇더라도 우리는 이곳의 주인이 될 수 없었다. 하지만 그런 생각을 공에게 말하는 대신 남은 맥주를 들이켰다. 그걸 굳이 연인에게 대놓고 말할 필요를 느끼지 못했으니까.

"잠깐, 이제 얼마 남았어?"

공이 벽시계를 바라보며 물었다.

"뭐가?"

그러고서 나는 길게 트림을 했다. 생각해보니 여기서 일하면서 처음으로 해본 트림이었다.

"청소 아주머니가 올 때까지."

"글쎄, 나도 그 아주머니가 남탕에 들어오는 거 본 적 없어. 보통 11시는 돼야 온다는 거 같던데. 한 30분쯤 남았네."

"그럼 고백해야겠다."

그렇게 말하고서 붉은 볼의 공은 잠시 뜸을 들였다.

"사실 내가 태권을 좋아한 건 다른 세계에 사는 남자아이 같아서였어."

픽 웃음이 터졌다.

"진짜 웃기다. 뭘 또 다른 세계야. 비슷하잖아. 우리 상황이. 소설가나 연극배우나."

"아니 다르지. 태권은 돌아갈 곳이 있지만 나는 없어. 태권은 베란다가 있는 아파트에서 태어난 남자아이니까. 나와는 무척 다르다고 생각해. 그 여유로움, 혹은 편안함이 신기했어. 어렸을 때부터 내 주변에 그런 인간들은 많지 않았거든. 다 헐뜯거나, 다 우울하거나, 다 비극적이야."

나는 손에 든 맥주 캔을 잠시 테이블에 내려놓았다.

"잠깐만, 그건 오해십니다. 공도 알잖아. 우리 집 그렇게 대단한 집 아니야. 그냥 의정부, 그 오래된 도시에 30평대 아파트가 한 채 있고 아버지가 평범한 공무원이고 그게 전부야. 물론 나는 그 동네에서 학창 시절부터 좀 괴짜 취급을 받은 놈이긴 했지."

공이 고개를 끄덕였다. 그리고 붉어진 자신의 손등을 빤히 바라보았다.

"그래, 뭐 대단한 남자를 기대한 게 아니야. 1퍼센트의 잘난 남자를 기대한 건 더욱 아니고, 그냥 그 평범함이 좋았다니까 그러네. 태권은 그 평범함에서 벗어나려고 애썼겠지. 그 안락함이 지루하다고 생각했을 테니까. 하지만 나는 태권한테서 반대로 안락함을 느낄 수 있어 좋았어. 그동안 내가 만나왔던 남자들하고 좀 달랐어. 단짠, 단짠처럼 내가 만난 남자들은 달콤하게 착하거나 짜디짜게 나빴지. 하지만 태권은 그냥 편안하게 평범해…… 별거 아닌데, 이상하게 말하기가 쉽지 않았어. 너무 별거 아니라서 그런 걸까?"

나는 공을 물끄러미 바라보았다.

나는 공의 말이 이해가 갈듯 가지 않았다. 어쩌면 헬라홀 남자 사우나에서 일하는 불쌍한 애인을 위로하려 드는 동정심 가득한 연기일 수도 있겠다는 생각이 들었다. 공은 나름 가슴이 따뜻한 여배우였으니까.

나는 피식 웃으면서 불룩한 아랫배를 긁었다.

"아이고, 그래봤자 지금은 이렇게 잘나가는, 아니 잘나갔던 남자들 시중이나 드는 신세다, 이거야."

"맞아, 하지만 태권은 불안하진 않을 거야. 언제든 이게 마음에 안 들면 때려치우고 돌아갈 베란다가 있으니까."

"공아, 무슨 말이 하고 싶은 거야?"

그녀는 맥주 캔을 내려놓았다.

"하지만 나는 내가 있는 곳이 아니면 갈 곳이 없어. 그래서 불안했지만 사실 그래서 결정을 내리기 쉬워. 잃을 게 많지 않거든. 눈치 볼 필요도 없고. 그냥 움직이면 되니까. 아까 태권한테 전화하기 전에 마음먹었어. 이번 주 안에 반값 연극 그만두려고."

공은 며칠 전에 아는 연출가로부터 대학로에서 사뮈엘 베케트의 희곡을 코미디식으로 변주해서 올리는데 주인공 역할을 할 생각이 없느냐는 연락을 받았다고 했다. 하지만 시간상 그 공연 연습과 이곳 반값 연극의 공연을 병행할 수는 없었다.

"너무 성급한 거 아니야? 여기만큼 돈 쉽게 버는 곳 없다면서."

"없지, 없는데…… 그게 다는 아니더라고. 사람들은 예술가한테 돈을 주고 재주를 부리라고 하지. 하지만 최소한 그 전에 그 사람이 어떤 사람인지는 알아줘야 하는 거 아니야? 내가 생선 한 마리 꿀떡 삼키고 동그란 공에 올라가서 재주 부리는 곰은 아니잖아."

"맞아, 공은 공이지 곰은 아니라고."

내 말에 공은 헛웃음을 짓더니, 턱을 괴고 나를 바라보았다.

"나, 한 번쯤은 내 인생의 주인공이고 싶어."

"그건 그냥 연극일 뿐이잖아?"

공은 나를 빤히 바라보았다.

"태권, 아직도 모르겠어? 진짜 삶에 주인공이 어디 있어? 주인공이라 착각하지만 다들 누군가의 하수인이지. 가짜 인생 연극에는 그나마 주인공이 있단다."

공은 새 맥주 캔을 땄다.

"태권, 나는 계약을 파기할 거야. 태권은 여기서 계속 일할 거야? 생각해봐. 인간은 누구나 떠날 권리가 있는 거잖아."

맥주 캔을 입에 대고 고개를 뒤로 젖히며 공은 곁눈질로 나를 보았다.

나는 쉽게 대답을 할 수 없었다. 베란다에서 뛰어내리라는 것도 아니고 기껏해야 최저임금에 가까운 일을 내던지고 훌훌 떠나자는 건데도. 일을 시작하기 전엔 별것 아닌 일이라고 생각했지만 어느새 그 일이 발목을 잡고 있었다.

이상한 기분이었다. 그리고 그제야 헬라홀이 내 발목에 채워놓은 족쇄가 생각보다 단단하다는 걸 깨달았다. 그 족쇄에는 아마 '먹고사니즘 Made in Korea'라고 새겨져 있겠지.

그때 파우더룸으로 누군가 빠른 걸음으로 성큼성큼 걸어왔다. 락스 통과 대걸레, 세숫대야 등으로 중무장한 큰 몸집의 청소 아주머니 두 분이었다. 고개를 돌려 벽시계를 바라보았다. 아직 11시가 되려면 10여 분이 남아 있었다.

여기서 일한 지 꽤 오랜 시간이 흘렀지만 이렇게 직접 청소 아주머니들을 마주치기는 처음이었다. 청소 아주머니들은 고무장갑 낀 손으로 나와 공을 가리켰다.

"뭐야, 남자 사우나에서 일하는 총각인가보네. 그런데 왜 여기서 연애질이야?"

그러더니 아주머니 두 분은 뭐가 좋은지 까르르 웃었다.

"연애질이 아니라……."

"눈 딱 감아줄 테니까 맥주 두 캔만 남겨두고 가요. 우리 일 끝내고 마시게."

그 말을 하고 아주머니들은 큼지막한 엉덩이를 흔들며 서둘러 남탕으로 사라졌다. 이제 목욕탕 곳곳에 밴 1퍼센트 남자들의 땟물을 닦아낼 시간이었다.

우리는 아주머니들이 남탕 밖으로 나오기 전에 맥주 두 캔과 과자 한 봉지를 남겨두고 헬라홀 타워를 떠났다. 적당히 술기운이 올라서인지 자전거를 갈지자로 몰고 나와 횡단보도를 건너는데 킬킬 웃음이 나왔다. 횡단보도를 건넌 후에 나와 공은 뒤돌아서 다시 어둠 속에 있는 헬라홀 타워를 바라보았다. 반쪽은 길쭉하고 또 반쪽은 둥그스름한 반구형 지붕이 얹힌 괴상한 모양의 거대한 건물을. 그건 아무리 봐도 짬짜면의 건축적인 형상화였다.

의정부

새 오전조 사우나 매니저는 한때 서울의 중심 강남에서 일했던, 나보다 열 살은 많은 총각이었다. 하지만 꼰대는 아니었고 초등학생 시절 모습 그대로 늙어버린 소년 같았다. 자그마한 체격의 그는 숨조차 자그마하게 쉬는 것 같았다. 한숨은 쉬지 않았다. 아니, 한숨은 평소의 숨보다 더 자그마하게 내쉬어서 내가 듣지 못하는 걸지도 몰랐다.

이 남자는 언뜻 팀장과 비슷했다. 하지만 뿔테를 쓴 B사감보다 더 속을 알 수 없는 무표정한 A사감이었다. 무테 안경을 쓴 A사감 사우나 매니저는 수다스러운 팀장이나 나와 달리 입이 무거운 사내였다. 하지만 사람들에게 피곤하게 구는 타입은 아니었다. 그는 회원님들에게나 우리에게나 늘 예의를 차렸다. 한참 어린 나에게도 꼬박꼬박 존대를 했다. 의외로 헬라홀 남자 사우나의 일에도 쉽게 적응했다. 자수를 놓듯 운동복 하나하나를 똑같은 두께로 쌓는 일에 공을 들여 팀장이 경악했을 정도였다. 그는 밀레니엄에 IT업계에서 처음 발을 디뎠다가 지금은 이곳 헬라홀에 들어오게 된 남자였다. 물론 중간에 자잘한 장사를 하다 몇 번 그만두었다. 사람과 부딪치는 걸 싫어해서 장사 체질은 또 아니었다고 설명했다.

"그럼 왜 아쉽게 IT업계를 떠나셨어요? 한창 잘나갔던 시절일 텐데."

그는 담담하게 말했다.

"태권 씨, 거긴 너무 갑갑해요. 직원들은 성과를 내기 위해 매일 노력해야 하고. 매일매일이 수험생이에요. 생각, 생각, 생각, 성과를 위한 생각만 하다 보니 미칠 것 같았어요. 그래서 뛰쳐나왔는데…… 내가 할 수 있는 일이 노력하는 것하고 술 잘 마시는 것밖에 없더라고요. 그런데 막상 탄탄한 직장에서 나오니까 노력이 무슨 소용? 그래서 장사하는 내내 매일 술만 마셨죠. 사실 아직도 밤이면 술만 마셔요. 그게 유일한 낙이죠. 이건 술값이 거의 다 떨어져서 술값 벌려고 하는 일이고."

그렇게 말하고서 오전조 A사감 사우나 매니저는 나지막이 웃었다.

사실 A사감은 지금도 노력하며 사는 남자였다. 지금도 새벽까지 술을 마시고 취기가 겨우 가실 때쯤 출근했다. 그의 얼굴은 늘 칠면조처럼 푸르딩딩하거나 불그스름했다.

"태권 씨, 언제 쉬는 날 밖에서 술 한잔 해요."

하지만 나나 A사감이나 잘 알았다.

우리가 헬라홀 남자 사우나 밖에서 만날 일은 거의 없을 거라는 걸.

A사감 덕에 쉴 수 있게 된 휴무일에 나는 의정부에 갔다. 의정부시외버스터미널에 내리자 어린 시절부터 익숙한 풍경이 한눈에 펼쳐졌다. 의정부시외버스터미널은 볼품없는 길쭉한 벽돌 건물이었다. 터미널 구석에 있는 작은 구멍가게에선 여전히 고속도로 휴게소에서나 들릴 법한 쿵짝 비트의 트로트 음악이 흘러나왔다. 그리고 언제나 그렇듯이 군복을 입은 젊은 군인들이 륙색을 짊어지고 무언가 침침한 얼굴로 터미널 건물 안을 돌아다녔다. 오래된 군사도시다운 풍경이었다. 명절 이후 근 넉 달 만이었지만 어제 본 것처럼 익숙한 광경이었다.

나는 경전철을 타고 창밖을 보며 집으로 향했다. 분지 지형인 의정부는 산으로 둘러싸인 작은 요새처럼 생겼다. 한국전쟁 시절 피란민들 중에 이곳에 정착한 사람들이 많았다. 신기하게도 전쟁과 생존 본능이 이 도시, 의정부를 살찌게 한 거였다. 투자와 욕망이 내가 일하는 신도시를 키운 것처럼 말이다. 경전철 창밖으로 보이는 부대찌개 거리를 보다 문득 이런 생각이 들었다. 헬라홀 가까운 곳에 샤브샤브 식당은 네 개나 있지만 희한하게 그 흔한 부대찌개 식당은 하나도 없다는 거.

경전철은 곧이어 뒤쪽에 산자락을 안고 있는 의정부 시청을 지나갔다. 할아버지와 할머니는 추운 겨울 북에서 남으로 내려왔다. 집안 어르신들과 두 딸은 일단 그대로 북에 남겨두고. 그 후 이 가족은 영영 하나가 되지 못했다. 늘 북쪽의 고향을 그리워하며 술에 젖어 살던 할아버지와 달리 의정부에서 태어난 아버지는 이 의정부를 고향으로 삼고 지금까지 살았다. 아버지의 평생직장이자 삶의 터전이 여기였다. 어쩌면 이 군사도시 의정부가 아버지에게는 안락한 요람 같은 곳이었을지 몰랐다. 지금 의정부 곳곳에는 고층아파트들이 들어서 있지만, 그렇다고 어릴 때부터 보아온 의정부가 특별한 신도시로 느껴지지는 않았다. 한 사람에게 도시는 현재만이 아니라 과거의 기억도 공존하는 곳이다. 나에게 의정부는 그냥 의정부였다.

그날 밤 아버지는 나를 데리고 베란다로 나갔다. 아버지에게 베란다는 특별했다. 아버지는 그곳에 있는 수많은 화분들을 아끼고 또 아끼며 관리했다. 초록빛 식물이 무성한 베란다의 화단을 보니 산을 끼고 들어앉은 의정부 시청이 떠올랐다. 아버지는 베란다에서도 시청을 느끼고 싶은 모양이었다.

아버지의 인생은 집과 의정부 시청을 오가는 일이 전부였다. 그리고 그게 아버지의 보람이었다. 나로서는 이해할 수도 상상하기도 힘든 보람이었다.

"네 어머니하고 같이 결정했다. 이 집 담보 잡히기로."

"갑자기 왜요? 집에 제가 모르는 빚이 있어요?"

"여기 의정부에는 힘들고 포천이나 양주 정도에 학원 하나 차릴 돈은 되지 않겠나 싶다."

나는 답답한 마음이 들어 고개를 가로저었다.

"아버지, 퇴직하시고 학원 차리시게요? 그거 쉽지 않아요. 요즘 문 닫는 곳 엄청 많아요. 그리고 아버지가 무슨 학원 사업을 해요, 그 성격에. 그거 아무나 하는 거 아니거든요."

아버지가 갑자기 버럭, 소리를 지르셨다.

"나 말고, 너 말이다, 너!"

아버지는 동네 창피해서 더 이상 나를 두고 볼 수 없다고 했다. 소설가라고 말할 때는 그나마 창피하지는 않았는데 목욕탕에서 일한다고 말하기는 힘들다면서. 그러느니 이 아파트를 담보로 돈을 빌려 나한테 학원이라도 하나 차려줄 계획을 세운 모양이었다.

하지만 나는 아버지의 제안을 받아들이지 않았다. 나는 리얼리스트였다. 혁명가 체 게바라는 아니었지만 현실감은 있는 남자였다. 공무원인 아버지, 유치원 보육교사였던 어머니로부터 물려받은 소시민적 현실감이겠지. 나는 알고 있었다. 덥석 그 제안을 물고 학원을 차리면 몇 년 안 돼 돈만 날리고 문을 닫을 거라는 것을.

"그냥 소설 쓴다고 하세요. 그것도 별로면 신도시 논술학원에서 강사 한다고 둘러대거나."

아버지는 행운목 화분 하나를 들었다 놓았다.

"이놈아, 지금 네 아버지보고 거짓말하고 다니라는 거야? 거짓말 안 하고 지금까지 버텨온 게 내 자존심이야."

"제가 거기서 일하는 거 의정부 사는 사람 아무도 몰라요. 아니 그 사우나가 있는 신도시까지 오는 의정부 사람 아무도 없어요. 온다 해도, 제가 일하는 곳이 멤버십이라 들어오지도 못해요. 거기가 아무나 들어와서 때 빼고 광내는 곳이 아니라고요. 그럼 된 거 아니에요?"

아버지는 아무 말도 하지 못했다.

"그리고요, 다들 그 정도 거짓말은 하고 살아요. 우리보다 잘사는 사람들, 장관, 대통령 다 거짓말쟁이인 거 누가 몰라요? 그러니 아버지도 체면 차릴 정도의 거짓말은 그냥 하고 사세요. 양심에 털 좀 나면 어때요. 너무 무성하지만 않으면 되지. 소심한 성격이라 수북하게 자라지도 않겠네. 하여튼 그럼 된 거 아니에요?"

일꼬 회원님에게 배운 '된 거 아냐' 어법은 나름 효과가 있었다. 아버지는 잠시 아무 말도 하지 못했다.

나는 리얼리스트답게 아버지에게 나란 사내가 학원을 차리면 1년 안에 말아먹는 이유에 대해 논리적으로 차근차근 설명했다.

내 설명을 다 들은 아버지는 호주머니에서 라이터를 꺼내 담배에 불을 붙였다. 그러더니 머뭇거리다가 내게도 담배를 건넸다. 우리 부자는 처음으로 베란다에서 서로 어색하게 고개를 돌린 채 맞담배를 피웠다.

"너 도대체 거기 언제까지 있을 거냐?"

"뭐, 마음 가는 대로 있으려고요. 콧물처럼 찔끔찔끔 떨어지는 낙수효과 지겨워질 때까지."

"난 도대체 네놈이 이해가 안 간다. 내 자식인데 하나도 모르겠어."

내가 나를 모르는데, 아버지가 나를 알 리는 없었다.

그리고 실은 아버지도 할아버지한테 그런 소리를 들은 적이 있었다.

피도 눈물도 없는 놈이라고. 어떻게 북에 있는 제 고향을 한 번도 그리워한 적이 없느냐고. 막걸리에 취한 할아버지가 집에 들어와 고향에서 구워 먹던 황해도 청어의 맛이 그립다며 눈물을 흘리자 아버지는 신경질을 내고 방으로 들어가버렸다. 아버지 입장에서는 한 번도 가본 적 없는 북녘 땅이니 당연한 일일지도 몰랐다. 할아버지야 삼팔선을 넘어왔지만 아버지는 그냥 의정부에서 태어난 사람이니까. 하지만 할아버지는 네 아비가 뿌리도 모르는 잡놈이라고 어린 나를 붙잡고 술주정을 했다.

사실 아버지들에게, 특히 대한민국 아버지들에게 아들은 영화 〈그렘린〉에 나오는 기즈모 같은 존재인지 모른다. 귀여운 복덩이가 세상에 나타난 줄 알았는데 알고 보니 끔찍한 괴물인 거지. 하지만 어쩔 수 없는 일이다. 10년이면 강산이 바뀌는 나라에서 아버지와 아들이 같은 세상에서 살기란 그리 녹록지 않다.

"그런데 엄마는 왜 얼굴이 안 좋으세요?"

"나하고 아까 저녁에 한바탕했다. 여기 의정부 재개발 지역에 집 사놓은 거 때문에 혼자 속 끓이고 있는 꼴 보기 싫어가지고 내가 한마디 했지."

어머니는 몇 년 전 의정부 재개발 지역에 있는 다 허물어져가는 집 한 채를 샀다. 하지만 곧 재개발이 된다던 그곳은 아직까지 잠잠했다. 그 집은 워낙 허름해서 세를 주려고 내놓아도 들어오는 사람이 없었다.

"그거 언제 시작할지 아직도 모른대요?"

"그러게 왜 귀가 얇아서 남의 말을 듣고 감당 못 할 투자를 해?"

아버지는 재떨이에 담배를 비벼 껐다.

솔직히 아버지가 그런 말 할 입장은 아니다 싶었다. 아버지도 몇 년 전에 직장 동료 믿고 투자한 주식 탓에 10년 가까이 모은 비상금이 탈탈 털려 며칠간 앓아누웠던 적이 있으니까. 평생 시청에 월차 한 번 안 낸 사람이 그때 내리 사흘을 결근했다.

나는 담배를 재떨이에 비벼 껐다.

아버지가 물끄러미 나를 바라보았다.

"참 신기한 종자야. 너는 어떻게 아비 앞에서 맞담배를 그렇게 맛있게 피울 수가 있냐?"

"아시잖아요. 아버지가 워낙 인자하고 트이신 분이니까."

아버지가 황당해하는 동안 나는 그저 씩 웃기만 했다. 헬라홀에서 오래 일하다 보니 중장년 사내들에게 입에 발린 말을 하는 게 너무 쉬워졌다.

하지만 아버지와 마주 보고 베란다에서 담배를 피우는 일이 느긋했던 건 사실이었다. 금연 빌딩인 헬라홀 타워에서 일할 때 담배 생각이 나면 빌딩 밖으로 빠져나와 재빠르게 한 모금 빨고 들어가야 했다. 혹시라도 그사이에 양말이 다 떨어지거나, 수건이 모자라거나, 복도에 물방울이 뚝뚝 떨어지거나, 누군가 열쇠를 잃어버려 방황하고 있으면 아니 되니까.

그날 밤 나는 버스를 타고 다시 헬라홀이 있는 신도시로 돌아갔다. 강변도로를 지나갈 때 차창 밖으로 내내 거대한 신축 롯데월드 타워가 보였다. 너무너무 거대해서 하늘을 향해 인간이 찔러대는 거대한 똥침이 아닌가 싶을 정도였다. 헬라홀에서 일하다 보니 어느새 거대한 것들이 그냥 다 농담의 탑처럼 여겨졌다.

살기 좋은 나라

어느새 헬라홀의 계절은 여름으로 접어들었다. 하지만 헬라홀 남자 사우나에는 에어컨이 없었다. 겨울이나 여름이나 늘 실내 온도는 28도에서 29도였다. 헬라홀의 연약한 노인들이 벌거벗고 에어컨 바람을 쐬다가 감기에 걸리면 큰일이기에. 대신 천장에 설치된 환풍구를 통해 시원한 바람이 솔솔 들어왔다. 그래서 헬라홀 남자 사우나의 실내는 그리 후덥지근하게 느껴지지는 않았다. 다만 환풍구가 없는 사우나 매니저들의 창고방은 여름이면 또 다른 사우나로 변했다. 선풍기를 틀어도 그 안에 있으면 땀이 줄줄 흘렀다.

그사이 목욕탕의 천장은 하얀 페인트를 칠해 말끔해졌다. 독재자가 좋아한 헬라홀 찬가는 보름 정도만 틀다 그만두었다. 회원님들로부터 듣기 싫다는 항의가 빗발쳤기 때문이다. 독재자의 피트니스를 드나드는 헬라홀의 남자들은 자신들의 공간이 독재자의 소유라는 걸 그 노래를 통해 느끼는 게 편치 않았을 터였다.

여름이 되자 공이 주연을 맡은 연극도 시작되었다. 그녀는 사뮈엘 베케트의 희곡 「행복한 나날들」을 코믹하게 비튼 연극 〈워메, 환장할 날들〉에서, 원작의 여주인공 위니를 패러디한 '윗니'를 연기했다. 나는 첫날 공연을 보러 대학로에 갔다. 윗니는 1막에서는 쓰레기 언덕에 묻혀 상반신만 등장하더니, 2막에서는 아예 목까지 파묻혀 등장했다. 그녀와 함께 무대에 오르는 건 별반 대사가 없는 남편 '아랫니'가 전부였다. 처음부터 끝까지 쓰레기 안에서 허우적대는 것이 전부인 연극이었지만, 윗니는 자기 세계에 푹 빠져 있었다.

공은 아침에 일어나 잠이 덜 깬 목소리로 종종 윗니의 대사를 읊조렸다.

"워메, 환장할 날 또 시작해부렀네. 부처님, 예수님, 천지신명 다 어데 갔을까잉? 니미럴, 매번 물고 뜯어도 똑같이 개뼉다귀 같은 시상이여(또다시 천국 같은 하루가 시작되는구나. 예수 그리스도의 이름으로 아멘. 종말 없는 세상에 대하여)."

가끔은 컵라면이 익을 동안 밥상머리에 앉아 윗니의 대사를 읊기도 했다.

"거 참 요상하당께. 옘병 미치고 팔짝 뛸 일이 없어. 긍께, 폴딱 서지도 않고, 자빠지지도 않고, 빙퉁맞지도 않고, 거시기도 안 혀. 긍께, 그냥 콱 뒈져버린 깨구락지 같당께(그거 참 더 나빠지지도 않았네. 좋아지지도 않고, 더 나빠지지도 않고, 변화가 없군. 고통도 없고)."

나는 떠나지 않았다. 대신 헬라홀 남자 사우나에서 일하면서 어금니처럼 당분간의 생계를 책임졌다. 우리의 앞날은 여전히 알 수 없었다. 물론 특별한 계획도 세우기 힘들었다. 나나 그녀나 모두 뼈대 없는 삶을 살아가고 있었다. 우리의 앞날은 탄탄대로가 아니라 꿀렁거렸다. 게임 속 캐릭터처럼 쉽게 게임 오버되기 쉬운 인간들이었다.

하지만 그게 무슨 상관이랴 싶었다. 우리는 그냥 살아간다. 그건 용기나 낙천, 열정 같은 단어로 포장할 수 있는 감정이 아니었다. 보험 없는 삶이지만 내가 사는 삶이니 타인의 눈치를 볼 필요는 없었다. 희한하게도 헬라홀 남자 사우나는 그거 하나는 내게 가르쳐주었다.

물론 헬라홀의 회원님들이 가르쳐준 건 아니었다. 그냥 벌거벗은 1퍼센트 남자들 사이를 덤덤하고 시크하게 걷다 보니 습득해버린 거였다. 대단함이 대단한 게 아니니까 대단해봤자지 이 사람아, 같은 담담한 자세.

여름의 어느 날 팀장은 절뚝거리는 걸음으로 출근했다.
"아니, 왜 바로 병원 안 가셨어요?"
"출근 도장은 찍어야 조퇴 처리 됩니다."
그는 가방을 열고 얇은 파란색 작업복을 꺼냈다. 입고 아이스크림 팔면 딱 어울릴 것 같은 옷이었다.

"줄이 접혀 있어서 어제 제가 집에서 다리미로 다려서 가져왔어요. 오늘부터 이거 입어요."

"갑자기 독재자가 유니폼은 왜 바꿔준대요?"

"우리 꼴이 너무 거지 같다고 은근히 항의가 많았대요. 능력 있는 회원들이 드나드는 곳인데 일하는 직원 꼴이 엉망이라고."

"그렇죠, 이 빨간 옷은 엄청 낡았죠. 우리가 아오지 탄광 광부처럼 보였나보네."

"설마, 그 정도는 아니었겠죠. 하여튼 목욕탕 천장도 새로 칠하고 우리 작업복도 새로 바뀌었으니 이제 새로운 마음으로 일해봅시다. ……그리고 미안하네요."

2년 넘게 팀장은 로봇청소기처럼 헬라홀 남자 사우나 안을 돌아다녔다. 하지만 그는 사람이지 로봇이 아니었다. 양말 신은 발바닥으로 바닥의 물기를 너무 자주 닦아내서인지 그만 족저근막염에 걸리고 말았다.

"대신 내일은 오전 말고 오후에 출근하세요. 내가 좀 일찍 출근할게요."

"그냥 원래대로 나올게요."

"아닙니다. 그래야 내가 마음이 편해요. 나, 공정히지 못하면 마음이 불편한 사람입니다."

그제야 나는 왜 팀장의 피시방이 망했는지 알 것 같았다. 약지 못하고 공정하기만 한 사람은 이 땅에서 쫄딱 망하기 십상이었다.

지금까지 30년 넘게 이 땅에 살아온 내가 알기로는 그랬다.

"바닥에 떨어진 물기 잘 닦으세요. 대신 너무 세게 문지르지는 말고."

그는 조퇴하기 전에 그리 당부하고는 절뚝거리는 걸음으로 헬라홀 남자 사우나를 빠져나갔다.

나는 파란색 유니폼으로 갈아입고 헬라홀 남자 사우나 안을 돌아다녔다. 머리카락을 줍고, 사방에 팽개쳐진 드라이어를 제자리에 두었다. 목욕탕 안으로 들어가 대야를 걷고 누군가 틀어놓은 수도꼭지를 잠갔다. 고개를 드니 백의민족의 유니폼처럼 말끔한 천장은 아무 문제가 없어 보였다. 하지만 나나 팀장은 물론 헬라홀의 회원님들도 모두 알았다. 이건 한 계절이나마 조용히 보내자는 무언의 눈속임이었다.

옷은 새 옷이었지만 새로운 마음으로 시작할 건 아무것도 없었다. 무심하게 있어도 손과 몸이 알아서 일정에 맞게 움직였다. 그렇게 여유롭게 일하다 보니 어느새 남자 사우나에서 어슬렁대는 헬라홀의 회원님들 한숨까지 눈에 들어왔다.

파란 유니폼으로 바뀐 날은 중국 주식 폭락으로 국내 주식도 동반 폭락한 날이었다. 남자 사우나 곳곳에서 침통한 표정으로 스마트폰을 들여다보는 회원님들이 눈에 띄었다. 헬라홀의 노인 중 몇몇은 휴게실에 앉아 전화를 걸어 증권사 직원으로 짐작 가는 상대에게 징징대거나 아예 호통을 쳤다. 이런 날 헬라홀의 일기예보는 흐림, 혹은 천둥 번개까지 칠 수 있으니 몸을 사리는 건 필수였다.

그날 오후 세탁물을 수거해서 나가려다 사우나 입구에서 일꼬 회원님과 마주쳤다. 그는 정장 차림에 골프 가방을 어깨에 짊어지고 있었다.

"어, 안녕하세요."

"흠, 옷이 바뀌었네?"

"독재자…… 아니, 회장님이 바꿔주셨습니다."

"그래, 깔끔하고 좋아. 뻘겋고 두꺼운 옷보다 낫네. 그거 입고 있으면 꼭 매운 라면 만드는 공장에서 일하는 애들처럼 보였다고."

"이 옷이 얇아서 훨씬 시원해요."

"이게 다 내 덕이라고. 내가 지난번에 사장한테 말했다니까. 직원들 서비스만 서비스가 아니라, 직원들 옷차림도 다 서비스다, 고작 남자 사우나에서 일하는 직원이라도 보기 좋게 입혀야 드나드는 우리들 기분도 좋다."

"그나저나 왜 이렇게 오랜만이세요?"

일꼬 회원님은 고개를 양쪽으로 까닥거렸다.

"그냥, 운전기사하고 기분 전환 겸 일주일쯤 동남아 놀러 갔다 왔는데 별거 없네. 그냥 그래 똥남아. 역시 여기저기 다녀도 우리나라가 제일 살기 좋아. 그럼 된 거 아냐?"

나는 그냥 세탁물이나 버리러 갈까 하다 말문을 열었다.

"뭐, 회원님께는 그렇겠죠. 돈 많으면 살기 좋은 나라죠. 아닌 사람한테는 아니고."

그는 빤히 나를 쳐다보았다. 화를 내는 얼굴은 아니었다. 그렇다고 예전처럼 웃는 상도 아니었다. 사무실에서 여직원에게 커피를 시킬 때의 그 얼굴과 비슷했다.

"소설가, 그건 어디나 다 그래. 미국도 그렇고, 북한도 그렇고, 북극도 그래. 그럼 수고!"

신발을 벗으려던 일꼬 회원님이 다시 고개를 들었다.

"그런데 혹시 여자 친구한테 그 말 들었어? 여주인공 사라졌다고."

"어, 그거 어디서 들으셨어요?"

"직접."

그는 나직한 목소리로 내게 속삭였다.

"그 친구 이제 그런 일 할 필요 없거든. 예쁜 아가씨가 그렇게 시시한 극장에서 일하면 쓰나?"

놀라는 척은 했지만 사실 나는 그리 놀라지 않았다.

공과 함께 서울에 나갔다가 여배우와 일꼬 회원님이 함께 있는 장면을 우연히 목격한 지 오래였다. 젊은이들의 데이트 코스로 유명한 거리에 위치한 카페에서. 일꼬 회원님은 어려 보이고 싶었는지 타이트한 청바지에 영문 로고가 새겨진 티셔츠, 거기에 야구 모자까지 쓰고 있었다. 물론 신발은 새하얀 농구화였다. 그가 그 짜릿한 만남의 순간을 즐기고 있는 건 틀림없어 보였다. 예쁜 여자만이 아니라 20대의 연애에 대한 환상을. 물론 나와 공이 봤을 때 허벅지가 터질 것 같은 청바지를 입은 그 모습은 뭔가 우스꽝스러워 보였지만 말이다. 그리고 그 일꼬 회원님의 말을 들으며 웃어주는 여배우의 시선은 은근히 건너편에 홀로 앉아 있는, CK One 향수 냄새 날 것 같은 폴로셔츠 입은 젊은 남자에게 가 있었다. 나와 공은 출입구에 서서 그 광경을 슬쩍 엿보다가 다른 카페로 옮겼다.

"불륜이세요?"

그는 어이없다는 표정으로 나를 바라보았다.

"아니면 혹시…… 사랑?"

"소설가가 왜 이렇게 꽉 막혔어, 답답하게. 이건 부부 생활 아니라 그냥 사적인 생활. 그 아가씨 입장에서는 상부상조. 뭐, 그럼 된 거 아냐?"

'아재 고추 곧추서요?'

만민평등의 댓글도 아니고 실생활에서 병이 갑에게 그리 물을 수는 없었다. 나는 그냥 무덤덤한 얼굴로 고개만 까닥였다.

일꼬 회원님은 휘파람을 불며 로커룸 쪽으로 사라졌다. 그리고 나는 언제나 그렇듯 세탁물을 버리러 재빠르게 카트를 밀었다.

바깥이 훤히 들여다보이는 대형 유리벽 안에서 신도시에 사는 헬라홀의 남녀 회원님들은 땀을 뻘뻘 흘렸다. 다리를 찢고, 엉덩이는 뒤로 번쩍, 숨은 헉헉거렸다. 비단 살을 빼기 위해서만은 아니었다. 주식 시장이 폭락하건 부동산 시장이 꽁꽁 얼어붙건 간에 불안하지 않은 환상적인 1퍼센트의 삶을 느끼려고 매일 헬라홀을 찾았다.

나는 헬스장이 빤히 보이는 복도를 지나쳐 안쪽 구석으로 카트를 꺾었다. 언제나 그렇듯 그 자리에는 나만 아는 헬라홀이 있었다.

"살기 좋은 나라? 그게 여기 있다고?"

기껏해야 벌거벗은 임금님들의 나라겠지.

나는 재빠르게 세탁물을 그 구멍에 밀어 넣은 다음 남자 사우나로 돌아왔다.

스테이션 책상 앞에서 보르헤스 회원님이 나를 기다리고 있었다. 알몸에 번져 있는 붉은 반점들을 손가락으로 긁으면서.

"회원님, 여기 열쇠 없습니다."

그는 머뭇거리다 파우더룸 방향으로 천천히 움직였다.

"그냥 여기서 기다리세요. 심심하시면 천장도 한번 보시고. 제가 목욕탕하고 파우더룸 한 바퀴 돌아보고 올게요."

짐작대로 보르헤스의 열쇠는 목욕탕에 있었다. 입식 샤워 부스 구석 자리 젖은 머리카락이 수북하게 쌓인 배수구 위에.

열쇠를 주워서 나오려는데 원형의 히노끼탕 안에 있는 한 남자가 나를 불렀다.

하얗고 순박한 얼굴에 옅은 눈썹과 처진 눈 때문인지 화를 내도 남들이 무시할 것 같은 그런 인상의 사내였다. 1퍼센트의 순두부랄까?

"네, 회원님. 부르셨습니까?"

"아까 그분 계속 오시게 놔둘 겁니까?"

"누구 말씀이신지?"

"못 봤어요? 몸에 피부병 있는 어르신. 나 원래 이 안에 있다가 열탕 들어가야 하는데 못 들어가. 왜냐면 아까 그 양반이 저기 잠깐 들어갔다 나왔거든."

"그게 옮거나 하는 성질의 피부병은 아니라고 알고 있는데요."

회원님은 기분이 상했는지 미간에 힘을 팍 주었다. 순해 보이는 얼굴을 최대한 사납게 보이려 애쓰고 또 애썼다. 1퍼센트의 순두부는 그렇게 1퍼센트 남자의 세계에 진입했는지 모른다. 억울하고 만만해 보이는 얼굴에 복어처럼 최대한 독기를 품고 어떻게든 떠밀리지 않으려고 아등바등.

"아니, 그게 중요한 게 아니라고. 이런 일로 민사소송을 건 손님이 목욕탕에 승소한 판례가 있다고. 목욕탕 손님들한테 혐오감을 주는 문제라는 거지. 만약 누가 저 어르신 때문에 소송이라도 걸면 그땐 어쩔 거야? 최악의 경우에 여기 문 닫는 수도 있어요."

"회원님 죄송한데요, 탈회나 그런 건 제가 결정 못 해요."

"그러니까 내 말은 판례가 있다는 거라고. 그러니까 손님의 불쾌감 때문에 이런 공공업소가 패소한 판례가 있다는 거야. 무슨 말인지 알겠어요?"

남자는 속이 불편해 보였다. 엉덩이골 사이로 흐르는 뜨듯한 물을 느끼며 마음의 독기를 풀어내는 즐거움이 방해받는 걸 참을 수 없어 하는 것 같았다.

"아니 알겠는데요, 그리고 회원님 기분 상하신 것도 아는데요, 그걸 지금 제가 당장 어떻게 할 수 있습니다, 라고 대답은 못 드려요. 왜냐면 저는 그냥 여기서 일하는 일개 직원이에요. 하여튼 제가 내일 팀장님께 바로 말씀드리겠습니다. 지금은 퇴근하셔서 안 계시거든요."

1퍼센트의 순두부는 고개를 내저었다. 그는 내 말이 귀에 들리지 않는 모양이었다. 내가 고개를 끄덕이고 알겠습니다, 라고 말하고 사라지지 않는 게 답답한 듯했다.

"정말 이해가 안 가네. 지금 이 일이 얼마나 이 업소에 중차대한 일인지 짐작이 안 가요? 저 전염병 걸린 영감탱이 때문에 여기가 쫄딱 망할 수도 있다, 이 이야기라고요. 여기 오는 회원들 그 양반만 들어오면 다 피해 다닌다고!"

탕 안에 앉아 고개만 내민 1퍼센트의 순두부는 이제 거의 울 것 같은 얼굴로 목청을 높였다.

어느새 내 목덜미와 등짝은 흠뻑 젖어갔다. 헬라홀의 앞날에 위기감을 느껴서는 아니었다. 작업복을 입고 목욕탕 안에 1, 2분만 있으면 원래 그랬다. 순두부와 대화를 나누느라 벌써 5분여를 잡아먹었으니 더워서 숨이 턱턱 막혔다. 하지만 홀딱 벗은 헬라홀의 회원님이 그걸 알 리는 없었다.

"그럼요, 충분히 짐작은 갑니다. 당연히 가죠. 그럼, 좋은 시간 보내시기 바랍니다."

나는 끝까지 조치하겠습니다, 라는 말은 하지 않았다. 아무리 내가 이곳의 직원이라도 땀에 흠뻑 젖은 운동복이나 비눗물 흠뻑 먹은 거품타월이 아니라 인간을 조치할 능력은 없었다. 내 직업이 거품타월 접는 사우나 매니저지 거품타월을 입안에 밀어 넣고 질식사를 시키는 킬러는 아니니까.

남자도 지쳤는지 히노끼탕에서 나와 냉탕으로 향했다. 땀에 펑 젖은 나는 손에 열쇠를 꽉 움켜쥔 채 목욕탕 출구 쪽으로 재빠르게 움직였다. 냉탕의 폭포수 쏟아지는 소리가 요란하게 들려왔다. 그리고 자동문 앞에는 히노끼탕을 물끄러미 바라보는 벌거벗은 보르헤스가 서 있었다.

나는 잠시 아무 말도 하지 못했다. 보르헤스는 천천히 내게 손을 내밀었다.

"아, 회원님 열쇠…… 여기 있습니다."

나는 열쇠를 내주고는 자동문 밖으로 나갔다.

하지만 열쇠를 건네받은 보르헤스는 문 밖으로 나가지 않았다. 울긋불긋한 반점이 덮인 몸으로 경계에 서서 빤히 목욕탕 안을 둘러보았다. 그 바람에 자동문은 계속해서 열렸다가 닫혔다. 잠시 후 그는 평소처럼 느린 걸음으로 파우더룸을 지나쳐 로커룸 쪽으로 걸어갔다.

나는 잠시 보르헤스의 뒤를 따라갔다. 그에게 무언가 위안의 말을 건네줘야 할 것만 같았다. 하지만 이곳의 젊은 병이 이곳의 늙은 갑에게 위로를 한다는 상황이 그에게 어떻게 느껴질지 잘 감이 오지 않았다.

복도에 멈춰 선 보르헤스가 뒤돌아서 나를 빤히 바라보았다. 그 힘없는 두 눈을 깜빡거리면서.

"회원님, 그럼 들어가십시오."

나는 보르헤스의 눈빛에서 그도 나에게 무언가 할 말이 있다는 걸 알아차렸다. 아마 그건 그가 좋아하는 찐 감자에 대한 이야기는 아닐 것 같았다. 하지만 그는 아무 말도 하지 않았다. 그저 잠시 손을 들었다가 맥없이 다시 내리고 힘없는 걸음으로 천천히 사라졌다.

거울을 통해 파우더룸에 앉아 있는 두 명의 헬라홀 남자들이 보였다. 팽팽한 피부 덕에 서른인지 쉰인지 쉽게 분간이 가지 않는 얼굴들이었다. 두 사람은 사춘기 소년들처럼 낮은 소리로 킬킬거렸다.

나는 파우더룸으로 향했다. 그들의 세면 바구니에서 뚝뚝 떨어진 물 때문에 바닥은 엉망이었다. 나는 대걸레를 들고 재빠르게 물기를 닦아내기 시작했다.

"저 외제차 하나 보고 있어요. 아우디 새 모델로."

"또? 아니 최 사장은 왜 그렇게 자주 차를 사?"

"미인은 수집할 수 없잖아요. 그건 도덕적으로 손가락질받는 일이니까. 그래서 대신 건전한 취미로 바퀴 달린 애마나 모으는 거죠. 그리고 전 이제 애마 타는 재미가 더 좋더라고요. 시동도 부드럽게 걸리고, 그냥 휘발유 값만 쓰면 돈도 더 안 드니까."

그 말을 하고 1퍼센트의 최 사장은 세면 바구니에서 파우치를 꺼내더니, 거기서 아이크림을 꺼내 눈가에 발랐다.

"아, 씨발 도대체 나보고 지금 어쩌라는 건데? 시끄러우니까 그냥 입 닥치고 전화 끊어!"

로커룸 안쪽에서 목청 높여 외치는 거친 목소리가 들려왔다. 동남아 골프를 마치고 헬라홀로 돌아온 일꼬 회원님의 흥분한 목소리였다. 아마도 그가 사랑하는 나라 한국에서 그의 심사를 뒤틀리게 만든 무슨 사건이 터진 모양이었다.

나는 못 들은 척 대걸레를 제자리에 두고 조용히 파우더룸을 빠져나왔다. 그리고 휴게실에 있는 스테이션 의자에 앉아 조용히 거품타월을 접으며 혼잣말을 했다.

"씨발, 회원님이 더 시끄러워요."

거품타월을 접으며 나는 잠시 헬라홀의 보르헤스에 대해 생각했다.

사실 나는 보르헤스의 미래에 대해 알고 있었다. 아마 보르헤스는 스스로 탈회하지는 않을 터였다. 모욕을 참는 것이 멤버십을 버리는 것보다 더 나은 선택일 테니까. 하지만 얼마 안 가 이곳에서 정리될 가능성이 많았다. 아무리 헬라홀이 노인들을 위한 나라라도, 심각하게 거동이 불편해 보이는 노인들은 헬라홀 차원에서 1년에 두 번씩 정리했다. 팀장은 분기마다 한 번씩 그런 회원들의 명단을 적어 상부에 보고했다. 그는 그걸 헬라홀 살생부라 불렀다. 팀장은 내가 일한 뒤부터 계속 보르헤스를 주시하고 있었다. 아마 1퍼센트의 순두부 같은 남자가 내가 아닌 팀장에게 불평을 털어놓았다면 보르헤스는 바로 살생부에 올랐을 터였다.

나는 다시 거품타월을 접으면서 생각했다. 헬라홀을 오가는 보르헤스나 나나 수많은 회원님들이나 어떤 연극 속 등장인물 같다고. 제목은 '살기 좋은 나라'. 그 연극 속에서 하나둘 배우들은 퇴장한다. 그런데 무대 위에 여전히 서 있는 등장인물들은 약속이라도 한 듯 한결같이 사라진 이들을 기억하지 못한다. 방금 전까지 마주치면 서로 친절하게 인사했던 사람들을, 기름진 입을 씻듯 기억에서 씻어낸다. 그래야 하는 것이 살기 좋은 나라의 법률인 듯 말이다.

"어이, 락카, 락카 어디 있어? 개인사물함 열쇠를 안 가져왔어. 이 사람 도대체 어디에 있는 거야? 빨리 마스터키로 좀 열어줘. 거기 샴푸랑 면도기랑 다 있다고."

헬라홀의 또 다른 회원님이 길 잃은 유령처럼 사우나 매니저를 찾았다.

"네, 알겠습니다. 개인사물함 금방 열어드리겠습니다."

마스터키로 회원님의 개인사물함을 열어드리자마자 바로 스테이션에서 전화벨이 울렸다. 나는 서둘러 달려가 전화를 받았다.

"투어 있습니다."

방문객 투어는 사우나 매니저가 맡은 몇 안 되는 중요한 업무였다. 수건이나 양말이 떨어지면 헬라홀 회원님들만 뒤집어졌지만, 바쁘다고 투어를 알리는 전화를 받지 못해 방문객 안내를 놓치면 헬라홀 자체가 뒤집어졌다. 헬라홀은 어떻게든 악착같이 한 명의 회원이라도 더 유치시켜야 하기에.

나는 로커룸을 지나 개인사물함 복도를 통과해 남자 사우나 현관 앞에 도착했다. 곧 여자 농구 선수처럼 꺽다리인 회원관리실 팀장이 한 남자를 데리고 왔다.

"남자 사우나 투어는 여기 매니저님께서 해주실 거예요."

나는 베레모를 쓴 그가 누구인지 단박에 알아보았다.

조 씨는 눈을 껌벅이며 아무 말도 못 했다.

"네, 반갑습니다. 남자 사우나 안내해드리겠습니다."

신발장과 개인사물함 사용법을 안내해줄 때쯤 조 씨가 천천히 입을 열었다.

"내 죄가 크다."

"아니, 무슨 죄가 커요?"

내가 작은 소리로 말했다.

"내가 논술학원 말아먹는 바람에 네가 이리 되고⋯⋯."

아무리 할미꽃에서 무궁화꽃이 되었지만 조 씨는 여전했다.

책임감은 강하지만 절대 책임은 지지 않고 윤리의식은 강하지만 윤리적이지 않은 90년대 끝물 운동권 선배 같은 그 특유의 짜증나는 태도라니.

"어쩌다 네가 이렇게 됐니?"

"이건 내가 아니라 그냥 일이라고요."

그사이에도 나는 양말로 복도의 물방울을 문질러 닦았다. 그리고 지나가는 회원님들에게 무심한 듯 친절하게 인사했다. 내가 수영장까지 안내하고 목욕탕 앞에 서자 그가 말했다.

"그런데 시설은 좋다."

"모발이식은 했어요?"

"어, 아직 보여줄 때는 아니다만……."

"목욕탕 안이 더워요. 모자 안에 땀 찰걸요."

그래도 조 씨는 모자를 벗지 않았다.

내가 새로운 손님을 데리고 목욕탕을 돌자 회원님들은 은근히 내 쪽을 바라보았다. 아마 그들은 마음속으로 새로 이곳 멤버십에 가입하려는 남자가 어떤 정도의 능력을 지닌 이인지 가늠하고 있을 터였다.

파우더룸으로 데리고 나오자 그는 놀라서 주변을 둘러보다 큰 소리로 말했다.

"우와, 머리 말리는 데가 그냥 목욕탕하고 차원이 다르네!"

내가 그에게 낮은 소리로 속삭였다.

"그런 식으로 없어 보이게 떠들지 좀 말고. 얼빠진 표정도 짓지 말고. 여기 나중에 가입할 생각이면."

"피트니스 다니는 데 뭐 그렇게 지켜야 할 게 많냐? 아까 보니 헬스장도 별로던데."

"뭐, 멤버십에 속하는 게 쉽겠어요?"

나는 그를 데리고 다시 로커룸 쪽으로 움직였다. 그러면서 다른 회원님이 듣지 못하게 낮은 소리로 속삭였다.

"그런데 굳이 큰돈 내고 왜 여길 다녀? 그냥 백화점 별관에 새로 생긴 데로 가지."

"우리 학원 원장이 여기 멤버십이잖아. 소개해주더라고. 여기 우리 애들 학부모들도 많이 다닌다고. 그리고 백화점 거기는 멤버십은 아니래. 아무나 다 간다더라. 의외로 이 동네에 멤버십 피트니스가 여기 하나래."

나는 이해할 수 없었다. 입맛도 썼다. 그깟 멤버십 카드 한 장이 뭐 그리 대단하기에. 여기가 무슨 그랜드볼륨 멤버십 피트니스도 아니건만. 여기서 고작 사우나 매니저로 일하는 나도 1퍼센트 멤버십의 속살을 알고 있는데. 하긴 모르는 사람은 속고 아는 사람만 아는 사정일 터였다. 비록 그리 정이 가는 사람은 아니지만, 나는 조 씨에게 사실을 말해주기로 했다. 창고방을 지나칠 무렵 조 씨에게 작은 목소리로 속삭였다.

"형, 여기 헬라홀에 오지 말아요. 물도 똥물이고, 그냥 적당한 데 가요. 물론 소문은 내지 말고."

조 씨가 걸음을 멈추고 나를 바라보았다.

"그게 무슨 소리야? 헬라홀? 헬라홀이 어딘데?"

"맞다, 그게 진짜 이름이 아니지. 미안해요, 형. 그러니까……."

사실 내가 일했던 멤버십 피트니스의 진짜 이름은 헬라홀이 아니었다.

더러워진 세탁물을 내리는 구멍에 내가 직접 헬라홀이란 이름을 붙였다.

의정부에서 돌아오던 버스 안에서 그런 생각을 했다. 언젠가 이 곳의 이야기를 쓴다면 무덕하고 초라한 상류층 남자들의 사우나를 헬라홀이라 부를 거라고.

1퍼센트의 사람들만, 혹은 자신을 1퍼센트라고 믿는 사람들만 빠져드는 그곳은 분명 어마어마한 구멍이었다. 위험한 맨홀 같기도 하고 시공간이 일그러진 웜홀 같기도 한 헬라홀이었다. 한번 빠진 귀한 사람들은 쉴 새 없이 달리고 땀을 빼며 영원을 꿈꾸지만 훅 꺼져 사라질 때까지 빠져나가지 못하는 구멍, 헬라헬라 헬라홀.

그리고 1년 후

　결국 조 씨는 내가 헬라홀이란 별명으로 불렀던 멤버십 피트니스에 등록했다. 조 씨는 그곳에서 나를 만나면 눈치 없이 아는 척을 해 사람을 피곤하게 만들었다. 특히 회원님들이 몰려들어 바빠 죽겠는 시간에 자꾸만 말을 걸어 귀찮을 지경이었다.

　처음에는 지금 다니는 학원에 내 자리를 알아보고 있다고 했다. 미안, 그다지 고맙지 않았다. 그 말은 몇 달 후 다시 사업을 시작할 거라는 선언으로 바뀌었다. 거기에 내 자리가 있을 거라면서 내 어깨를 다독였다. 그렇게 겨울이 지나고 해가 바뀌었다. 몇 달 후 조 씨는 헬라홀에 나타나지 않았다. 한 달 정도 얼굴이 보이지 않자 내가 워낙에 마음이 따뜻한 자인지라 괜히 궁금해져서 전화를 걸었다. 그는 목이 잠긴 목소리로 당분간 운동을 쉴 생각이라고 말했다.

나는 그 이유에 대해 캐묻지 않았다. 헬라홀 남자 사우나에서 일하다 보면 그 정도의 눈치는 생겼다. 학원에서 잘렸거나, 이식한 모발에 문제가 생겼거나, 누군가에게 뒤통수를 맞아 각설탕처럼 달콤하게 느껴졌던 삶의 환상이 다 녹아버렸겠지.

나는 그렇게 사우나 매니저로 헬라홀에서 새해를 맞았다. 그리고 그 해가 끝나기 전에 헬라홀을 그만두기로 결심했다. 그사이 헬라홀에 큰 변화는 없었지만 나와 내 주변에 몇 가지 일들이 있기는 했다.

헬라홀의 월급은 그대로였지만 카운터 여직원들은 자주 바뀌었다. 카운터 여직원들은 헬라홀 회원들의 짜증을 참지 못하고 떠났다. 여자 사우나에서 일하는 사우나 매니저들도 수시로 교체되었다. 여자 사우나 매니저들이 그만두는 이유는 회원들의 짜증보다는 월급 때문이었다. 그녀들의 일은 우리 같은 남자 사우나 매니저보다 배는 많았지만, 월급은 오히려 우리보다 조금 적었다. 그 조금이 그녀들의 분노의 계기가 되었다.

어떤 일에서든 불합리한 부분을 찾아내기를 좋아하는 팀장은 여자 사우나 매니저들의 월급에 대해서도 지적했다.

"좀 이상하긴 하죠. 일은 우리보다 배는 많은데 월급은 우리보다 적으니까. 물론 그래 봤자 겨우 5만 원 정도지만."

하지만 팀장은 여자 사우나 매니저들을 위해 상부에 건의하지는 않았다.

"그 정도면 그냥 참고 일할 수도 있을 텐데……."

이러면서 한숨을 내쉬는 게 그가 할 수 있는 전부였다.

여름이 지나고 늦가을에 접어들 무렵 나와 공은 헤어졌다. 헬라홀을 그만두기 두 달 전쯤이었다. 헤어지는 이유에 대해 각자 변명을 할 수 있고, 불평도 할 수 있는 상황이었다. 하지만 우리는 담담하게 작별을 고했다. 그녀의 공연은 제법 성공적이었기에, 그녀는 대학로에서 올릴 다른 작품에 캐스팅되어 연습에 몰두했다. 그러다 보니 대학로 공연장에서 꽤 먼 신도시의 원룸까지 돌아오지 못하는 날이 잦아졌다. 그럴수록 우리 두 사람 사이는 소파와 침대처럼 데면데면해졌다.

먼저 싫증이 난 쪽은 공일지 몰랐다. 하지만 우리의 감정이 건조해지기 전에 내가 공을 붙잡았다면 과연 어땠을까?

"어땠을까? 내가 결혼하자고 말했으면 우리가 헤어지지 않았을까?"

노트북으로 인기 고전 미드인 〈앨리 맥빌〉을 보고 있던 공은, 고개를 내저었다.

"태권, 그런 바보 같은 '만약에'는 하지 말자. 우린 서로 알고 있잖아. 서로의 마음을 붙잡을 기회가 있었어. 하지만 외면하고 잡지 않은 게 사실이잖아."

인정, 공은 이럴 때 보면 역시 나보다 철든 사람이었다.

"태권, 모든 건 타이밍인지도 몰라. 우리 두 사람의 타이밍이 맞았다면 결혼을 하고, 아이를 낳고, 한 가정을 이뤘을지도 몰라. 그리고 내 생각에는…… 아마 우린 불행한 삶을 살았을 거야. 다행히 우린 함께 인생을 걸고 모험을 할 만큼 어리석지 않았어. 그래서 그 타이밍을 넘긴 거 같아. 우리 때문인지, 아니면 우리의 환경 때문인지 그건 확실히 모르겠어. 다만 지금 다행이라고 느끼는 건 내가 태권을 저주하거나 미워하지 않는다는 거야."

공은 그 말을 담담하게 내뱉었다. 그래, 그럼 된 거지.

이별에 대해 말할 때 담담한 사람들은 어쩌면 옛 연인에 대한 환상만 부여안고 꾸역꾸역 살아온 자들인지도 모르니까.

공의 분리형 원룸 계약 기간이 끝나면서, 우리는 완전히 결별했다. 각자의 길을 가는 타이밍으로는 기가 막힌 셈이었다.

나는 혼자 살 방을 구할 때까지 고시원에서 지내면서 헬라홀로 출근했다.

"새로 방을 구하는 동안 그냥 여기 창고방에서 지내도 괜찮을 텐데……."

물론 팀장 말대로 업무를 끝내고 창고방에서 잠을 잘 수도 있었다. 하지만 아무리 머물 곳이 없다고 헬라홀 남자 사우나에서 잠까지 자고 싶은 생각은 추호도 없었다. 사시사철 살기 좋은 감옥이라도 감옥은 감옥이었다.

나는 방을 구하기 위해 곳곳을 돌아다녔다. 계속 월급이 나오니 혼자 살 만한 적당한 월세방을 구하는 데 경제적인 어려움은 없었다. 게다가 신도시 곳곳에는 싱글들이 들어가 살 수 있는 벌집처럼 자그마한 빈 원룸들이 많았다. 방을 구하는 일은 생각보다 귀찮은 일이긴 했지만, 그 지저분한 빈방들을 보면서 나는 이상하게도 활력 같은 걸 체험했다. 물론 내가 낯선 집에 흐릿하게 밴 낯선 여인의 체취에 쿵쿵거리는 변태는 아니었다. 텅 빈 원룸을 볼 때마다 감미로운 호르몬에 흠뻑 젖는 빈방 성애자도 아니었다. 다만 1년 넘게 매번 드나들었던 헬라홀이 아니라, 낯선 빈방을 보는 게 이상하게 기분이 좋았던 것이다.

그렇게 방을 구하러 돌아다니다 헬라홀 남자 사우나에 출근하면 숨 막히는 답답함을 느꼈다. 어느 순간인가 나는 그 답답함의 원인이 무엇인지 깨달았다. 그건 권태였다.

헬라홀 남자 사우나에서 회원님들을 대하는 건 그렇게 벅차게 힘든 일은 아니었다. 그보다 힘든 건 바로 수많은 사람들이 드나드는 안락한 공간에서 아무것도 아닌 자가 느끼는 권태였다. 그 권태가 어느새 좀벌레처럼 나를 갉아먹고 있었다. 그렇게 더 지내다간 내 몸에 구멍이 뻥뻥 뚫릴 것만 같았다. 인간이 아니라 살아 있지만 낡고 헤진 헝겊으로 변할 것만 같았다.

그리하여 나는 신도시에 방은 구했지만 헬라홀 남자 사우나는 그만두었다. 희한하게도 결정을 내리니 아쉬움도 두려움도 없었다.

혹시 새로운 사람을 구하지 못할까 걱정했으나 예상보다 새로운 사우나 매니저가 금방 나타났다. 그는 의상학과를 졸업한 후 악착같이 돈을 벌어 미국 파슨스디자인스쿨로 유학을 떠났으나, 한국으로 돌아와 동대문에서 사업을 벌이다 알거지가 된 남자였다. 그 후 깍쟁이처럼 미싱을 돌리던 손으로 편의점 아르바이트를 하며 삼각김밥과 혜자도시락의 바코드를 질리게 찍었다. 그 편의점에 지칠 무렵 그는 나처럼 취업 사이트를 검색하다 이곳 헬라홀 남자 사우나에 이력서를 제출했다.

내 뒤를 이을 디자이너 사우나 매니저는 제법 뚱뚱한 남자였는데, 몸집에 비해 두 다리와 목소리는 무척 가녀렸다. 머리카락을 노랗게 탈색하고 얼굴색도 좀 노르스름해서 새로운 교육생이 남자 사우나 안을 종종걸음으로 돌아다니는 걸 보면 살찐 거대 병아리가 돌아다니는 것만 같았다.

"여긴 편의점보다 낫네요. 아무리 바빠도 여기서 벌거벗은 남자들 등짝이나 목덜미, 엉덩이에 리더기를 대고 바코드를 찍을 일은 없잖아요."

그는 밝고 유쾌한 남자였다. 교육이 끝나던 날 그는 삐악삐악 소리처럼 발랄한 말투로 내게 말했다.

"패션의 세계는 화려해요. 하지만 그 안을 자세히 보면 먼지와 실밥이 보이죠. 전 그걸 아니까 그냥 여기를 먼지와 실밥의 세계로 생각하기로 마음먹었어요."

나는 고개를 끄덕였다.

"탁월한 생각이십니다. 그게 편해요."

"그럼 힘든 점은 뭔가요?"

전직 디자이너이자 한때 편의점에서 일했던 남자가 턱을 괸 채 물었다.

"흠, 유령 같아지는 기분이 들 때가 있죠. 존재감이 없어지니."

"그래요? 그럼, 잘됐네요. 전 허무주의를 사랑해요. 아무리 화려

해도 패션의 본질은 허무죠. 그 허무를 감추거나 돋보이게 만들려고 매일매일 포장하는 게 바로 패션이죠. 이제야말로 저는 진정한 허무에 어울리는 작업실에 도착한 셈이네요."

양손을 맞잡은 디자이너는 무언가를 꿈꾸는 날개 없는 천사처럼 내게 그렇게 말했다.

그는 교육이 끝나는 날 창고방에서 나를 기다리고 있다가 비밀을 털어놓기도 했다.

"전 졸피뎀을 먹어요. 제 짐작엔 엄마 배 속에 있을 때부터 불면증이 심하지 않았을까 싶어."

"그걸 왜 저한테……."

"그냥요, 누군가는 알고 있어야 할 거 같아서. 안 그러면 죄를 짓는 기분이라서. 팀장한테 고자질은 안 할 거죠?"

"뭐 출근 시간에만 늦지 않으면 아무도 뭐라고 안 합니다. 오전 근무자는 새벽까지 술 마시는 사람이지만, 출근을 잘하니까 아무 문제없어요. 그리고 전 이제 여기하고 아무 상관도 없고요."

내 말에 헬라홀의 디자이너는 옥니를 드러내고 싱긋 미소를 지어 보였다.

'언젠가 여기서 떳떳하게 떠나시길 바랄게요.'

라고 말을 하려다가 그게 온당한 인사인가 싶어 꿀꺽 삼켰다.

"사실 알고 보면 여기도 괜찮은 정거장이에요. 초과근무도 없고, 불편한 상사도 없고, 회식은 1년에 딱 한 번 회장님 생신 때만 있어요. 그것도 뭐 소화제만 가지고 가면……."

나는 그렇게 말하는 선에서 끝냈다.

내가 헬라홀을 떠나던 날은 희한하게도 국회에서 대통령 탄핵 소추안이 가결된 날이었다. 같은 날 대통령의 업무는 정지되고 사우나 매니저였던 소설가는 헬라홀에서 스스로 하야했다. 헬라홀 남자 사우나 휴게실에 모인 노인들 중 몇몇은 대통령을 욕했다. 물론 대단한 욕은 아니고 수군수군 정도였다. 요지는 여자가 대통령이 되면 안 된다는 거였다. 물론 그 노인들은 당연히 그녀를 대통령으로 뽑았을 터였다. 아니, 노인들만이 아니라 이곳을 드나드는 회원님들 대부분이 마찬가지였을 터였다.

그날 헬라홀의 노인들은 내내 침통한 표정으로 로커룸과 목욕탕을 돌아다녔다. 눈에 보이지는 않지만 무거운 먹구름이 헬라홀에 잔뜩 껴 있었다. 그들은 아랫것인 국민들의 항의에 중간관리자인 국회의원들이 표결로 1퍼센트의 권력자를 밀어내는 현실을 참지 못하는 것 같았다. 위에서 아래로가 아니라 아래에서 위로 세상이 바뀐 거니까. 더군다나 헬라홀의 노인들은 스스로를 평범한 국민보다 대통령에 가까운 특별한 존재라고 착각하고 있으니까.

그날 일꼬 회원님은 옷을 갈아입다 말고 한숨을 내쉬며 내게 말을 붙였다.

"나라 꼬라지가 이게 뭐냐! 이게 말이 돼? 어떻게 강남 아줌마가 나라를 뒤흔들어?"

"회원님도 선거 때는 탄핵당한 대통령을 뽑지 않으셨어요?"

"당연하지. 나는 보수니까. 하지만 보수가 왜 보수인지 알아? 썩은 것들은 재빠르게 도려내는 게 보수라고. 여기서 보수가 망할 순 없어. 안 그래? 도려내버리면…… 그럼 된 거 아냐?"

나는 이왕 떠나는 마당에 한마디 하기로 했다.

"뭐, 도려낼 데가 한두 군데가 아니잖아요. 그러다 다 도려내는 거 아니에요? 결국 아무것도 안 남고."

나는 그렇게 말하면서 헝클어진 옷가지를 접었다.

"하, 소설가가 참 뭘 모르네. 보수가 사라지진 않아요. 사람들은 원래 보수를 좋아해. 나도 잘되고, 나라도 잘되면 좋은 게 보수야. 물론 남이 잘되는 건 배 아픈 게 보수지만. 그리고 꼴 보기 싫은 것들 그냥 다 쓸어버리는 게 보수고. 그게 보수야. 얼마나 깔끔해. 나는 부자 되고, 보기 싫은 놈들은 다 싹 쓸어서 환경미화하고. 겉보기에 점잖고 폼 나고. 당연히 사람 마음은 원래부터 다 보지…… 아니, 보수에 끌리는 거지. 그럼, 된 거 아냐?"

그렇게 말하면서 일꼬 회원님은 특유의 포즈로 턱을 쳐들었다.

그리고 그 대화가 헬라홀을 드나드는 1퍼센트 남자와 마지막으로 나눈 대화였다.

내가 헬라홀을 떠나기 전 팀장은 잠시 내 손을 잡아주었다.

"잘 가요, 그리고 이상하게 부럽네."

그는 한참이나 나를 바라보았다.

헬라홀을 떠나는 수많은 회원님들에게 친절한 미소를 지으며 보이는 눈빛은 아니었다. 신경질이 빠지직거리는 눈빛도 아니었다. 그 눈빛은 자신이 선 절벽에서 다른 사람이 선 절벽을 보는 눈빛과 비슷했다. 다시 말해 뛰어넘으면 금방 넘어갈 수 있는 절벽, 하지만 뛰어넘기로 결심하기까지가 힘든 절벽, 바로 그 절벽을 막 건너간 사람이 여전히 또 다른 절벽 앞에 서 있는 것을 바라보는 눈빛이랄까.

푸른 셔츠와 검정 바지 작업복을 던져두고 내가 갈아입은 옷은 아르마니 니트에 발망 청바지였다. 아르마니 니트는 아울렛에서 싸게 샀고 발망 청바지는 중고나라에서 구입했다. 물론 발망 정품은 아니고 발망 스타일이지만. 그 위에 몇 년째 입고 있는 검은 패딩을 걸치고서 나는 검은 유령처럼 유유히 헬라홀을 떠났다.

내 퇴직을 축하해줄 사람은 없었다. 함께 살았던 여자 친구는 이미 내 곁을 떠나고 없었고, 같이 일했던 사우나 매니저들을 부를 수도 없었다. 불문율은 아니었지만 그들과는 헬라홀 밖에서 한 번도 만나본 적이 없는 사이였기에. 그렇다고 한때 내 직장의 대표였고 한때 헬라홀 회원님이었던 조 씨를 불러 한잔하고 싶지는 않았다.

나는 혼자서나마 퇴직을 자축하기로 하고 치킨집으로 향했다. 공에게 노동으로 단련된 엉덩이 근육을 보여주겠다고 큰소리쳤던 그곳으로. 하지만 그사이 그 치킨집은 바가 있는 세계 맥주 전문점으로 바뀌어 있었다. 가게에서는 흘러간 90년대 록음악 뮤직비디오를 틀어주고 있었다. 손님들이 우글거렸지만 서빙을 하는 알바생은 고작 한 명이라서 정신없이 바빠 보였다.

나는 가게 구석 자리에 붙어 있는 바에 앉았다. 숨어서 술 마시기 좋은 귀퉁이였다. 메뉴판을 보고 있는데 익숙한 음악이 귀에 들어왔다. 스매싱 펌킨스의 〈Today〉였다. 의자에 앉은 채 몸을 돌리면 뮤직비디오를 볼 수 있었다. 유니폼을 입은 남자가 운전하는 아이스크림 트럭이 고속도로를 횡단하면서 어느새 히치하이커와 주유소 직원 들이 하나둘 올라탔다. 그들은 민트 색 트럭에 알록달록한 페인트를 칠하며 낄낄거렸다. 유니폼을 입은 떠돌이 아이스크림 장수는 밴드의 리더 빌리 코건, 히치하이커와 주유소 직원은 밴드의 나머지 멤버들이었다.

생각보다 맥주는 금방 나왔고 나는 맥주를 마시며 〈Today〉 뮤직비디오를 계속 감상했다.

Today is the greatest day. I've ever known······.

중학교 때 채널브이에서 이 비디오를 처음 봤을 때 나는 그냥 노래방에서 신나게 부르기 좋은 미국판 〈나는 문제없어〉 같은 행복한 노래인 줄 알았다. 밴드의 리더인 빌리 코건이 자살 충동에 휩싸였을 때 이 노래를 만들었다는 건 한참 후에야 들었다. 그리고 왜 그가 그런 감정에서 이런 가사를 썼는지 깨닫게 된 건 또 제법 시간이 흐른 뒤였다.

어느새 빌리 코건은 아이스크림 트럭에서 쫓겨나듯 내렸다. 그는 도로 위에 홀로 서 있고 물감 범벅이 된 트럭을 향해 손을 흔든다.

맥주병을 든 채 다시 자세를 고쳐 앉으니, 옆자리에 사우나 매니저인 태권이 앉아 있었다. 당연히 내가 맥주 한 모금에 취할 리는 없었다. 이건 소설가로 돌아온 태권이 여전히 사우나 매니저인 태권과 마주하는 소설 같은 상황에 불과했다. 목욕탕에서 막 젖은 수건을 수거하고 나왔을 때처럼 그의 푸른 셔츠는 땀에 펑 젖어 있었다. 아이스크림 팔면 어울릴 것 같은 그 셔츠는 여러 번 세탁한 뒤라 밑단이 우글거렸다.

"내 생각엔 말이야, 내가 너무 너를 쉽게 생각한 거 같아."

사실 그 무렵에 나는 헬라홀에서의 사건들을 소설로 반절쯤 쓰다가 포기한 상태였다.

"쉽게?"

"그러니까 아이디어 하나로 너를 만든 거지. 1퍼센트 남자들이 벌거벗고 있는 남자 사우나! 거기서 일하는 소설가! 이거 괜찮은 그림이다 싶었던 거지."

나는 맥주로 천천히 목을 축였다. 옆자리에 앉은 사우나 매니저 태권은 특유의 시큰둥한 얼굴로 나를 바라보았다. 그가 시중을 드는 헬라홀의 남자들을 은연중에 바라볼 때의 표정처럼 말이다.

"하지만 잘 생각해보니까 그래. 내가 너무 쉽게 생각한 거야. 내가 쓰다가 포기한 소설에는 박봉에 착취당하는 인간의 고뇌가 없어. 내 실수야."

그는 내 말에 고개를 끄덕였다.

"그 말이 일리가 없는 건 아닌데 헬라홀이 고뇌할 만한 장소는 아니잖아? 아니, 사람을 고뇌 없이 만드는 공간 아니었어? 글만 쓰는 사람이라서 인간이 사는 장소를 너무 관념적으로 생각하고 있는 거 아니야?"

"잠깐, 나는 글만 써서 그런 게 아니라고. 너무 오랜만에 글을 써서 인간의 고뇌를 담을 수 없게 된 거지."

하지만 생각해보니 푸른 옷을 입은 태권의 말도 일리는 있었다. 헬라홀은 사람을 느슨한 풀밭을 떠도는 양들을 돌보는 양치기 개처럼 만드는 그런 곳이었다. 월급은 짰다. 하지만 바쁜 한두 시간 빼고는 너무 한가해서 그 월급도 괜찮다 싶었다. 정신없이 바쁜 여자 사우나보다 눈곱만큼 월급도 많고 일은 반절로 한가하니까. 투쟁 의지가 생기기는 해도 그냥 습식 사우나에 앉아 있는 인간처럼 그 의지가 푸시시시 가라앉는 곳이었다. 그럴듯한 불꽃 점화가 이뤄지기에는 쓸모없이 평온하고 고요했다.

"하지만 왜 이 소설의 주인공은 고민하지 않는 걸까?"

나는 옆자리에 앉은 태권을 미심쩍은 눈으로 바라보았다.

"고민하잖아. 운동복이나 수건, 이런 거에 대해서."

"아니 그런 거 말고, 작가로서 자의식이 없더라니까. 왜 내가 그곳에서, 그런 환경에서 일해야만 하는가, 하는 인간으로서, 남자로서, 작가로서의 고민 말이야."

태권은 고개를 끄덕이고는, 안주로 나온 강냉이를 하나 씹었다.

"그래, 뭐 그렇다 치자. 그런데 생각해보라고. 태권은 사의식하고는 거리가 좀 먼 인간 아니었어?"

그 말에 나는 잠시 머뭇거렸다. 그가 말하는 태권이 소설 속 자신인지 아니면 그 바깥에 있는 나인지 알 수 없었다.

"생각해보라고. 그곳은 남자로서, 작가로서 쓸데없이 자의식이 강한 인간이라면 지극히 불쾌하게 느껴지는 곳이야. 소설을 쓴 네가, 아니지, 소설의 주인공인 내가 자의식이 강한 인간이라면 그곳에 존재할 수 없었던 거라고. 그러니까 넌 그렇게 썼던 거야."

소설 속의 태권은 뭔가 설득력이 있었다. 나는 남은 맥주 반병을 벌컥거리며 마셨다.

"그래도 넌 멍청해. 난 그렇게 멍청한 인간은 아니야."

"누워서 침 뱉기네."

옆자리의 태권이 빈정거렸다.

"왜 소설 속의 너는 관찰만 하지? 왜 비판하지 않아? 왜 날을 세우지 않아? 그게 비판적 주인공의 의무 아니냐고."

태권은 잠시 아무 말이 없었다.

"알잖아, 투명해지잖아."

"뭐가?"

"기억 안 나? 사람이 물처럼 투명해지잖아. 그곳에서 일하는 사람들은 그렇게 변하잖아. 주르륵 흐르고, 또 미끄러지고, 아무것도 없어지고. 그러면 할 수 있는 일은 그냥 보고 관찰하는 게 전부잖아. 무언가 복잡하게 생각하면 엉켜버리니까."

나는 손에 쥔 맥주병을 테이블에 천천히 내려놓았다.

"아니야, 그럴 거면 평범한 사람으로 했어야 돼. 소설가는 늘 날을 세우고 세상을 바라봐야 하는 그런 존재야. 평범한 인간이 아니라고. 그런데 너는 노예의 삶에 순응한 거야. 그곳에 있는 1퍼센트 남자들의 부와 여유를 동경하다 보니, 노예의 삶을 수긍하게 된 거지. 부끄러운 일이라고."

태권은 아무 말도 하지 않았다.

나는 들고 있던 맥주병을 마저 비웠다. 차가운 맥주가 배 속을 차갑게 휘젓는 묵직한 감각이 느껴졌다.

"친구, 나는 부끄럽지 않았어."

태권이 말했다.

"아니, 내가 부끄러웠다니까."

내가 말했다.

"헬라홀에서 있을 때?"

"아니, 그때는 아니었지. 내가 나를 쓰기 시작하니까 부끄러워진 거지."

"나는 이해가 안 돼."

태권은 헬라홀을 드나드는 회원님들을 관찰하듯 빤히 나를 바라보았다.

"현실 속에서 젠체하지 못했던 네가 부끄러운 거야? 아니면 네 앞에 있는 내가 부끄러운 거야? 아니면 젠체하지 못했던 시간을 사람들에게 보여주는 게 부끄러운 거야?"

나는 아무 말도 하지 않았다. 화가 닌 건 아니었다. 그곳에서 태권은 분명 노예의 삶을 살았던 것도 같으니까. 그렇다고 지금 한창 세탁물을 나를 시간에 홀로 맥주를 마시는 내가 더 잘난 인간인 것도 아니었다.

"넌 어떤 생각이 들었어?"

내 말에 태권이 고개를 갸웃거렸다.

"물처럼 투명한 인간으로 느껴졌을 때 말이야."

태권은 대답하지 않았다. 그는 꿀 먹은 벙어리가 되었다. 당연한 일이다. 그 부분은 아직 초고에 쓰지도 않은 부분이었다.

하지만 나는 알았다. 그곳에 있을 때 나는 벽과 벽 사이에 끼어서 흐르는 어떤 존재가 된 기분이었다. 뭐, 그게 아주 찰나일지언정, 그게 결국 권태로 이어졌을지언정, 그게 어차피 내 인생을 크게 바꿔놓지는 못했을지언정. 달리 말할 수도 있다. 아무도 밟지 못한 딱딱한 세계의 어떤 물컹한 부분을 슬그머니 밟은 느낌이었다고.

하지만 헬라홀에서 빠져나오니 나는 여전히 단단하고 두터운 관념의 세계에 빠져 있었다. 생각해보니 그건 내가 헬라홀에서 보았던 1퍼센트 남자들이 보여준 1퍼센트 남자여야만 한다는 고정관념과도 다른 듯 비슷했다. 나는 여전히 어리석었다.

두 개의 단단한 무엇 사이에 끼었다가 새어 나오는 방귀처럼, 피식피식 웃음이 나왔다. 웃을 생각은 아니었는데 웃음이 나왔다.

"미안, 내가 너를…… 아니 나를 비웃는 건 아니야."

그래, 그건 비웃음이 아니었다. 온전한 웃음이었다. 웃는 건 중요하다. 단단한 세계의 벽은 웃음 덕에 구멍이 나면서 조금씩 허물어진다. 그 벽에 구멍이 뚫리지 않으면 아무것도 볼 수 없다. 우리가 사는 관념의 세계는 아주 단단하고 대단해 보이지만 웃음 때문에 작은 구멍이 뚫리고 그 구멍으로 빈틈이 보이면서 무너진다. 헬라홀에 빠진 사람들은 그걸 모른다. 너무 단단한 사람들도 그걸 모른다. 각자의 관념의 링 속에서 돌고 있으니까. 하긴 세상 사람 누구나 세상을 쉽게 말하지만 결국 우리는 빈 맥주병의 공기에 불과한 존재인지도 모르지. 그렇게 생각하자 맥주병 안에 든 생쥐가 된 것처럼 귀가 먹먹해져왔다.

나는 투명한 빈 맥주병을 치켜들고 한쪽 눈을 찡그린 채 잠시 눈앞의 풍경을 바라보았다. 빈 맥주병으로 본 세계 안에서 소설 속 태권은 보이지 않았다. 맥주병을 치웠다. 당연하게도 내 옆자리는 텅 비어 있었다.

잠시나마 먹먹하게 느껴졌던 공간에 다시 시끄러운 소리들이 쏟아졌다. 벌레 먹은 오렌지 속을 들여다보는 흘러간 90년대 뮤직비디오 속 음악과 고래고래 소리 지르는 술꾼들의 목소리, 이제 막 서로에 대한 감정을 확인하는 남녀의 꽃잎처럼 사뿐히 내려앉는 웃음소리. 그 사이로 우르르 세탁물 쏟아지는 소리가 파고들었다. 환청 아닌 환청, 나에게 들러붙은 소리였다. 나는 헬라홀에서 빠져나왔지만 고작해야 정신없이 어딘가로 쏟아져 내려가는 세탁물의 세계로 되돌아온 건지도 몰랐다. 그렇더라도 어쨌든 오늘 밤은 축하의 혼술 자리였다. 나는 빈 맥주병을 든 손을 치켜들었다. 그리고 술꾼들 사이를 정신없이 돌아다니는 알바생을 불렀다. 내가 낼 수 있는 가장 친절한 목소리로.

작가의 말

　나는 2015년부터 1년여 동안 소설을 쓰는 대신 다른 일을 했다. 남자 사우나에서 회원들에게 인사하고, 운동복을 정리하고, 세탁물을 수거하고, 파우더룸의 화장품과 머리빗을 관리하는 게 내 업무였다. 어쩌다 가끔 벌거벗은 노인들의 등짝에 로션을 발라주거나.

　소설가로서 새로운 작품을 기획하기 위해 뛰어든 일은 아니었다. 등단 10년 차에 접어들었지만 경제적으로 꽤 힘든 상황이었고 무엇이든 일을 해야 했다. 내가 원하는 건 많지 않았다. 글과 관계되지 않을 것. 추가 근무가 없을 것. 아, 그리고 월급은 적어도 상관없으나 지극히 게으르고 덧없이 나른한 망상에 빠지는 내 성정을 거스르지 않을 것. 우연히 그 옵션에 맞는 직장을 찾았을 뿐 그곳에서 일을 시작한 건 문학과는 일말의 관련도 없었다.

면접을 보기 전까지 내가 일할 멤버십 남자 사우나가 대한민국 상류층 1퍼센트에 가까운 회원들이 드나드는 곳인 줄은 미처 몰랐다. 그리고 그곳에 들어가서 세탁물을 나르고 운동복을 정리하면서도 그 경험을 소설로 쓸 생각은 없었다. 그냥 한 기업의 대표이사나, 잘나가는 벤처사업가나, 드라마에 출연하는 연예인이나 홀딱 벗으면 우리랑 별로 다를 것 없네, 이랬을 뿐. 그러다가 남자 사우나를 배경으로 소설을 쓰겠다고 마음먹은 것은 정신없이 일하던 시기가 지나고 귀가 열리면서부터였다.

워낙 헐렁한 단순노동이어서 나는 금방 남자 사우나 업무에 적응했다. 하릴없이 로커룸과 휴게실, 목욕탕 안을 돌아다니다 보니 그때부터 회원들의 웅얼과 속닥이 귀에 들어왔다. 내 등단작『수상한 식모들』에는 사람들의 귀를 드나들며 꿈을 갉아먹는 쥐가 등장한다. 나 역시 그 사우나에서 사람들의 말을 엿듣는 쥐 같은 존재가 된 셈이었다. 여기서 흐르는 말들로 소설을 쓸까 생각할 무렵, 내가 떠올렸던 초고의 제목은 '수상한 사우나 매니저, 알고 보니 쥐였지'였다.

하여간에 나는 이 장편소설을 작업하면서 과거와는 다른 식으로 글을 써갔다. 나는 원래 리얼리즘과는 거리가 먼, 현실과 허구 사이의 발랄한 망상에 기댄 작품을 쓰는 작가였다. 하지만 이번에는 직접 엿들은 상류층 남자들의 별것 없는 대화나 혼잣말, 누군가와 통화할 때의 속닥거림, 나에게 투덜대며 한 말 등등을 생생하게 소설로 옮기고픈 욕심이 들었다. 그래서 이 소설에 등장하는 남자 사우나 회원들의 대사 중 70퍼센트 정도는 내가 들은 그대로다. 당연히 발화와 사건은 같이 가기에 소설 속의 몇몇 사건들은 실제 일어났던 일들과 희미하게 겹치기도 한다. 이 장편소설을 흥미롭게 읽는 독법 중 하나는 어느 것이 허구에 가깝고 어느 것이 현실의 복사판인지 추리해보는 일이 아닐까 싶다. 독자분들, 죄송합니다. 그게 이 소설의 유일한 추리소설적 재미랍니다.

반면 등장인물들, 특히 사우나에서 일하는 소설가인 주인공 태권을 만드는 데는 조심스러웠다. 나는 이 소설이 자전소설처럼 읽히기를 바라지 않았다. 사실 특별히 의도하며 살았던 건 아닌데 예전부터 나는 노년층이나 중장년층 남성에게 귀염 받는 스타일이었다. 남자 사우나에서 일할 때 역시 좀 그런 부분이 있었다. 어떤 중년 회원은 내가 너무 귀여워서 욕탕에 확 던져버리고 싶다고 했다(아니 왜?). 어쨌거나 일하는 내내 회원들과 훈훈한 것까지는 아니어도 나름 춥지 않은 관계를 유지했다. 하지만 나는 그렇게 인정 넘치는 서사로 이야기를 풀고 싶지는 않았다. 좀 더 가볍고, 천박하고, 덧없고, 얄팍하지만 그러면서도 홀딱 벗은 상류층 남자들이 머무는 세계가 아니라 우리가 사는 세계가 바스러지는 순간을 응시하는 이야기를 만들고 싶었다.

안타깝게도 소설의 초고를 쓰고 퇴고하는 동안 그 후자의 작업이 상당히 힘들다는 걸 깨달았다. 이미 사우나의 비품처럼 그 생활에 최적화된 내가 소설가의 눈으로 세계를 다시 보기가 좀 어려운 면이 있었다. 결국 나는 이 소설을 제대로 마무리하려고 일을 그만두기에 이르렀다(물론 사시사철 따뜻한 공간에 있으니 너무 따분해져서 일을 그만둔 측면도 있었다). 그리고 퇴직 후 1년이 훌쩍 넘은 지금 이 순간, 나는 장편소설 『우리 사우나는 JTBC 안 봐요』의 작가의 말을 쓰고 있다.

원래 세계문학상에 응모할 때의 제목은 '살기 좋은 나라?'였다. 나는 이 제목이 마음에 들었지만 출판사 관계자를 비롯한 대부분의 사람들은 난감해했다. 새벽종이 울리는 새마을운동 시절도 아니고 너무 낡고 심심한 제목 아니냐는 의견이었다. 그 말도 일리는 있었다. 지금은 1970년대가 아니라 2017년이니까.

교정 작업에 들어가기 전까지 끊임없이 압박을 받다가 투덜거리며 몇 분 만에 바꾼 제목이 바로 이것, '우리 사우나는 JTBC 안 봐요'다. 이 제목에 정치적인 은유는 없다. 한 방송사를 추앙하거나 깎아내리려는 의도도 아니다. 정말로 내가 일하는 동안에 남자 사우나 휴게실에서 JTBC 방송을 보는 회원들을 본 적이 없었다. 좀 급박하게 제목을 짓긴 했으나 나중에 생각해보니 그게 내가 일했던 세계를 정의하는 또 다른 문장일 수 있겠다는 생각이 들었다.

2017년 7월
박생강

제13회 세계문학상 우수상

우리 사우나는 JTBC 안 봐요

초판 1쇄 발행 2017년 8월 10일
초판 3쇄 발행 2017년 11월 24일

지은이 박생강
펴낸이 이수철
주　간 하지순
교　정 고나리
디자인 이다은
마케팅 정범용
관　리 전수연

펴낸곳 나무옆의자
출판등록 제396-2013-000037호
주소 서울시 마포구 성미산로1길 67 다산빌딩 301호 (03970)
전화02) 790-6630 팩스 02) 718-5752

페이스북 www.facebook.com/namubench9
인쇄 제본 현문자현 종이 월드페이퍼

© 박생강, 2017

ISBN 979-11-6157-010-5 03810

* 나무옆의자는 출판인쇄그룹 현문의 자회사입니다.
* 이 책의 전부 또는 일부 내용을 재사용하려면
  사전에 저작권자와 도서출판 나무옆의자의 동의를 받아야 합니다.
* 이 도서의 국립중앙도서관 출판예정도서목록(CIP)은 서지정보유통지원시스템
  홈페이지(http://seoji.nl.go.kr)와 국가자료공동목록시스템(http://www.nl.go.kr/kolisnet)에서
  이용하실 수 있습니다. (CIP제어번호 : CIP2017017490)